rowohlt
BERLIN

CLAUDIA TIESCHKY

DIE SILBERNEN FELDER

ROMAN

ROWOHLT · BERLIN

Originalausgabe
Veröffentlicht im Rowohlt · Berlin Verlag,
September 2021

Satz aus der Nyte
Gesamtherstellung CPI books GmbH,
Leck, Germany
ISBN 978-3-7371-0130-1

In Erinnerung
an die Sommer unserer Kindheit:
Ariane, German, Sabine
und Armin

DIE SILBERNEN FELDER

GESTERN HABE ICH zum ersten Mal geschossen. Ich stand oben im ersten Stock, in Gartenshorts und Cowboystiefeln, und zielte. Der Typ vorne an der Straße konnte mich nicht sehen, aber er hatte die richtige Intuition und drehte um. Schlau von ihm. Als er um die Ecke war, jagte ich eine Kugel in seine Richtung, die schräg auf den Asphalt peitschte. Hah, sagte ich, spuckte weit aus dem Fenster, stellte mein Gewehr neben mich, legte die Hand kurz auf den Kopf meines treuen Hunds und setzte mich wieder auf den Schemel am Ausguck.

Ich weiß, dass man es auf mich abgesehen hat. Etwas umspielt mich, das da nicht hingehört. Ich kann es spüren. Auf mein Gespür verlasse ich mich, alles andere scheint mir nicht mehr verlässlich. Das, was mich umspielt, täuscht mir Bilder vor, die mich einfangen können, wenn ich nicht vorsichtig bin. Es lockt mich in eine Vergangenheit hinein, die sehr lange her ist. So lange, dass ich meine Schwester darin finde. Es ist nur noch der Instinkt, der mich unterscheiden lässt zwischen dem, was ich bin, und dem anderen, das sich anfühlt wie die künstliche Verlängerung von etwas, das ich irgendwann einmal gedacht habe. Und das mir jetzt plötzlich begegnet als manifestes Ding. Die Täuschung darin erkenne ich sofort. Meistens bin ich mir sicher. Manchmal kann ich es nicht mit Bestimmtheit sagen. Ob es die Straße vor dem Haus gibt, zum Beispiel, müsste genauer überprüft werden. Aber ich lasse mich nicht herauslocken. Das hättet ihr gern. Kommt mir nicht zu nahe. Ich weiß mich zu verteidigen.

Wann kommst du wieder?, hat Stefan gefragt, als ich den grünen Rucksack aufhob und über die Arme zog. Weiß nicht, sagte ich. Versuchte, es beiläufig klingen zu lassen, wie ich es als Sechzehnjährige gemacht hatte, wenn meine Mutter das fragte. Ich war ein Mädchen wie eine streunende Katze gewesen, ich wusste, wie man im Sommer eins wurde mit den knappen Schatten auf der Straße, wie man verschwinden und sich herumdrücken konnte. Ich machte schnell die Tür hinter mir zu.

Als ich das Haus gefunden hatte – heruntergewohnt und leergeräumt –, kam ich anfangs ganz bestimmt nur zum Rasenmähen her. Was sah ich? Ein altes Satteldach mit Giebel, glaube ich. Ockergelb blätternder Putz. Fenster aus den Sechzigern. Eine bröckelnde Terrasse. Es muss Frühling gewesen sein und eiskalt in den Räumen. War es nicht so? Ich beobachte mich, wie ich schnell und fröstelnd meine Kleider ablege und Arbeitssachen anziehe, ich fülle Benzin in den Tank, reiße an der Schnur und schiebe den Mäher zwischen den Obstbäumen herum, bis alles grün riecht und ordentlich aussieht. Es ist mehr ein mechanischer Vorgang, noch nichts, was mich an diesen Ort binden würde.

Ich wollte nie einen Garten. Wenn man mich mit zwanzig gefragt hätte, was ich will, hätte ich gesagt, eine Tochter, der ich alles zeigen kann und auch das Pisanello-Fresko ganz oben in der Kirche von Sant'Anastasia in Verona, mit dem heiligen Georg. Wie er aufbricht und die Dame mit dem Pferd, rätselhaft.

Es gibt niemanden, der mich stört, wenn ich hier sitze. Der Garten liegt am äußersten Stadtrand. Danach kommt – doch, da bin ich mir sicher – nur noch eine schmale Siedlung, aus der die Autos vorbeifahren. Ich bin umgeben von Gewerbehallen und aufgelassenen Grundstücken. Ein Mensch wie ich kann sich hier fast unsichtbar bewegen. Aber wenn jemand Fremder zu Fuß die Straße entlangläuft, sehe ich ihn von weitem als Gestalt im staubigen Gegenlicht. Zeit genug, um das Gewehr zu holen. Ich wusste gleich, es ist der ideale Ort.

Sommerschimmern ... Das heißt, die Sonne ist noch nicht stark, sie schimmert nur, und auf dieses Schimmern reagiert das Gehirn mit Erinnerungen. Kleine Wellen auf dem See. Milcheis-Geruch. Und immer wieder, jedes Jahr denke ich an das Buch von Ray Bradbury, in dem er das Ritual beschreibt, wie zu Beginn jeden Kindheitssommers neue Turnschuhe gekauft wurden, mit hellblauem Frottee innen, die er die ganzen Ferien über trug, bis sie nur noch zum Wegwerfen waren. Das ist das Versprechen, ist es noch immer, nach all den Jahren, in denen es anders kam, dass es Wochen geben wird, in denen ich morgens nur in ein paar frotteegefütterte Turnschuhe steigen muss, und alles andere wird sich finden; Blindschleichen und kleine Bäche, Jungs, die mich zu bewundern haben, und Mädchen, die friedlicher sind als ich, aber auch nicht so mutig, und irgendwann in jedem Sommer der Moment, wo du merkst, dass du etwas angezettelt hast, das du nicht im Griff hast, eine Wanderung, die viel zu weit wegführt von zu Hause zum Beispiel, und du bekommst Angst, weil du merkst, dass die Katze, die euch immer folgt, umgedreht hat, und du nicht mehr sicher bist, ob du zurückfindest, aber es natürlich vor den anderen behauptest, die ängstlich werden, du siehst, dass schon die Sonne untergeht, und der Weg ist nicht der, den du kennst, aber kurz bevor du schreien möchtest, dass alles ein großer Fehler war und du an allem schuld bist und sie dir zu Unrecht vertraut haben und du auch müde bist und weinen möchtest, kurz bevor dieser Schwächemoment da ist, kommt ihr aus dem Wald heraus, und du erkennst in kurzer Entfernung den vertrauten Weg, du brüllst: Ha!, pustest dir den Pony nach oben und rennst los, als wärst du nie verzweifelt gewesen und hättest noch jede Menge Energie, und in diesem Moment hast du sie auch, denn du hast gewonnen. Wir werden gewinnen, Fiona.

Seit ich in dem Haus bin, habe ich nur noch selten diese Albträume. Das erstaunt mich. Ich wusste nicht, dass ich Sehnsucht nach einer Bleibe hatte oder dass ein Ort mich beruhigen könnte. Ich misstraue dieser Beruhigung. Ruhelosigkeit ist mein gewöhnlicher Zustand. Nicht aus Neigung. Beruhigung hat mit Tod zu tun. Aber die Züge mit den dunklen Fenstern fahren so regelmäßig über den Damm durch die Ebene, und die Wolken ziehen so gleichmäßig, vielleicht kommt es daher. Nur heute träume ich von einer Gemeinschaft, in der es ein Fest ist, wenn sich wieder jemand entschlossen hat zu sterben. *Eine rituelle Feier wird auf einem eigens dafür geschaffenen Platz abgehalten. Nach der Prozedur, bei der seine Erinnerung kopiert und gespeichert wird und später für alle zugänglich gemacht, zum Wohl der Gemeinschaft, geht der Mensch, der jetzt nur noch eine vom Körper belastete Trägerkopie ist, zur Mittagsstunde hinaus auf ein Feld, das die Biopersonen in einer Kombination aus Gärtnern und Hologrammdesign pflegen und erhalten.*

Es flirrt die Luft, Reihen junger Bäume ziehen sich anmutig zum Waldrand hin, am blauen Himmel treiben bis zum Horizont kleine weiße Wölkchen, denn der Mensch soll in diesen letzten Minuten nicht in Sorge geraten, was mit seinen liebsten und geheimsten Gedanken geschehen wird, die ihm nicht mehr allein gehören und die er nun nicht mehr schützen oder verbergen kann. Er hat keinen Einfluss darauf, ob man sie schmähen wird oder ihn für einen Verwerflichen halten könnte. Das ist die kurze, heikle Phase. Er darf auf keinen Fall seinen Entschluss bereuen, schreiend Widerstand leisten und deshalb auf hässliche Weise fortmüssen. Sondern er soll in seinen schönsten Kleidern durch das kniehohe Korn über das Feld gehen, bei leichtem Wind und unter seinen Füßen das leise Rascheln der niedergetretenen Halme.

Umgeben von Schönheit wird er den treffen, der im Feld auf ihn wartet, und ein Vorgang wird einsetzen, über den nicht gesprochen wird. Später wird der, der im Feld gewartet hat, die Reste des Menschen in einem kleinen verzinkten Metallkasten zurück auf den Platz bringen.

Eine böse Geschichte von tief unten. Ich erwache, mir ist bleischwer. Ich schaue in das fahldunkle Zimmer hinein, traue mich nicht zu atmen und suche nach Gespenstern, aber das Zimmer ist nur ganz starr von ihrer Abwesenheit. Danach wird es allmählich Tag, ich gehe hinunter, setze Kaffeewasser auf, sehe durch das Fenster in den Garten und lasse mich aufwärmen von dem Getümmel der Rosenstöcke in Sonne und Wind, schaue nach den Meisen, die pfeilschnell in die Hecke hinein landen, wo sie ein Nest bebrüten, seit wieder Blätter an den Zweigen sind. Ich fingere auf dem Bildschirm meine Nachrichten durch, lese ein zweites Mal, was Stefan mir geschrieben und was ich nach dem Überfliegen sofort wieder vergessen habe. So wie ich Stefan schon fast vergessen habe, aber dann ist er wieder da, schreibt mir, beansprucht einen Platz in meinem Leben, durchkreuzt mein Alleinsein und erinnert mich daran, dass der Ausgangspunkt meines Sitzens hier, meines Stillstands, eine Flucht ist.

FIONA HÄTTE ES HIER GEFALLEN. Und sie hätte dem Haus gutgetan. Sie wäre herumgederwischt, hätte Wände gestrichen und Böden abgezogen und ohne zu zögern benannt, wie alles werden sollte. So, so – und das dahin! Mit Leichtigkeit wäre es ihr gelungen, einen schönen Ort zu schaffen, sie hätte sich mit einem matten Seufzer und noch in ihren Arbeitslatzhosen in einen kleinen geschwungenen hübsch getupften Sessel fallen lassen, der vor kurzem noch nicht da gewesen wäre, und sich in ein Buch vertieft. Ich bin nicht so. Ich bin nicht zur Schönheit begabt. Aber ich gebe mir jetzt wieder mehr Mühe damit. Um ihretwillen.

Seit sie fort ist, ist die Schönheit aus meinem Leben verschwunden. Ich meine nicht, dass ich nichts Schönes mehr wahrnehme, aber es hat nicht mehr diese Bedeutung. Es gab lange nichts mehr, was unbedingt festgehalten werden muss, damit es nicht vergeht, sondern bleibt, weil man meint, mit dieser flüchtigen Erscheinung etwas von sich selber zu verlieren, etwas Feierliches, wie ein besonders herrliches Kleid.

Aber die Abwesenheit dieser Art Schönheit ist es nicht, was schrecklich ist. Ich habe mich daran gewöhnt. Es lebt sich gut so. Ohnehin entspricht es mir mehr. Ich habe jede Art von Exaltation immer eher aus Treue zu Fiona versucht. Es war jedes Mal etwas mühsam und erinnerte mich daran, wie schnell ich auch im Sport versagt hatte. Aber aus irgendeinem Grund hatte ich das Gefühl, dass es Fiona glücklich machte, wenn sie zusah, wie ich meine Stirn angestrengt runzelte und sich dann die Gedanken an etwas festhakten, das mich von der Anstrengung, ihr zu gefallen, ablenkte, und ich plötzlich wirklich in einem Gemälde oder einem Gedicht etwas fand, über das ich staunte. Pausbacke, sagte sie manchmal zu mir, und es stimmte, ich hatte dicke Putto-Backen noch in einem Alter, in dem andere Mädchen schon fast Frauen waren. Der Eindruck täuschte. Ich war die viel Sachlichere und Unempfindlichere von uns beiden. Aber ich gewöhnte mich unter ihrer Anleitung daran, dass es unglaublich viele Dinge gab, die man sammelte und sich merken musste, damit man sie eines Tages herausholen konnte, wenn der Wind plötzlich unangenehm aus Nordosten kam oder einen ein Gefühl befiel, für das man keinen Namen hatte, das aber an den Gesichtsausdruck einer als Urania verkleideten Gräfin vor perlblauer Tapete erinnerte, oder der Gedanke, dass man so schon ein anderes Mal gefühlt hatte, und bei diesem anderen Mal war es dort und dort gewesen und bei einer Wetterlage, die mit ihrer Feuchtigkeit alle Mücken aus dem Sumpf am Bach hatte schlüpfen lassen, und alle Leute schlugen die ganze Zeit um sich und beklagten sich den halben Tag lang, was ein großes Gezeter war, und nichts anderes ereignete sich wochenlang zu dieser Zeit als nur das.

Wir waren zwei Schwestern, die auf kuriose Weise verdreht worden waren. Fiona sah aus, wie es meinem Gemüt entsprach, und ich flammte auf der Haut und meinen krausen hellen Haaren, in meinem ganzen Äußeren so sehr, wie es in ihrer Seele ständig irgendwo brannte, sie war ein einziges Feuerfeld. Aber ich hatte nicht einmal ihre Asche, dann, als sie fort war und wir nicht wussten, was mit ihr passiert ist.

Eines Tages war dann dieses Haus da. Wie ein Entschluss. Vielleicht, ja, das halte ich manchmal für die Erklärung, gibt es dieses Haus nur, weil ich es unbedingt wollte. Warum meine Sehnsucht ausgerechnet diese Wände gefunden hat, weiß ich nicht. Aber hier bin ich.

DIE TAGE WERDEN HEISSER, und die Wespen schleppen kleine harte Blätter zu einem Loch in der Mauer und ziehen sie hinein. Die Sonne knallt auf die Ebene, die sich fahl darunter wegduckt, die Häuser unter Bäumen versteckt. Ich fahre mit dem Rad über Feldwege zu einem Baggersee. Es gefällt mir hier, Sachen zu machen, die sehr weit wegführen von jeder Nützlichkeit. Ich könnte behaupten, dass mich das Radfahren an meine Kindheit erinnert, mit Kodak-Farbfotos und gelber Limonade und keinen Smartphones, keiner E-Identität, keinen Kameras und Bewegungsprofilen für jeden von uns. Aber ich misstraue auch diesen Bildern. Man könnte meinen, eine große selbstgewählte Gegenwarts-Demenz zwingt mich unaufhörlich, von früher zu sprechen. Weil es so gefährlich ist, über das Heute zu reden?

Nein, mein Radfahren hat nichts Nostalgisches, ich fahre mit einem klobigen Männer-Sportrad, das auf dem Sperrmüllhaufen lag und dem ich neue Reifen aufgezogen habe. Ich fahre wie früher mit meinem Bikini schon unter Hose und T-Shirt, aber ich fahre unzweifelhaft im Heute, in der Blütezeit der künstlichen Intelligenz und unter dem ständigen Appell, sich einer Gemeinschaft verbunden zu fühlen, die mir fremd ist. In ein paar Jahren werden die hübschen Kleinigkeiten, die jetzt ein gutes Gefühl machen, keine Rolle mehr spielen, wie der Mohn, der wieder zwischen den Weizenähren steht, ein Beweis, dass der Bauer ein guter Mensch ist und auf einiges Gift verzichtet. Nenn es «Letzte Romanzen», ich sehe das auf einem schönen hellblauen Klavierheft stehen, aber es ist auch ungewiss, ob Klaviere sich in Zukunft halten werden.

Der Feldweg, auf dem ich fahre, sieht exakt aus wie die Feldwege, auf denen ich früher gefahren bin, aber er gehört zu einer anderen Welt. Ich komme an einer Reihe Sonnengärten vorbei, kleine gemietete Ackerparzellen, auf denen Leute phantasievolle Schilder mit Krakelschrift angebracht haben, auf denen Namen wie «Wilde Rübe» oder «Zauberwald» stehen. Ein etwa vierzigjähriger bärtiger Mann in Kinderkleidung, mit gestreiftem Nicki-Shirt und gelben kurzen Hosen, steht ganz allein auf dem Feld und führt eine Art Tanz mit einer Gießkanne auf, er schwingt sie im Bogen herum, sodass Tropfen auf die Kürbispflanzen fliegen oder was sonst dort wächst. Wenn es wirklich so etwas geben sollte wie analoge Kolonien, dann sehen sie bestimmt nicht so aus wie der lehmige Spielplatz dieser Gemüseerwachsenen.

Träumen die Maschinen? Werden sie der Sehnsucht in der Welt eine Notwendigkeit einräumen, vielleicht solche kleinen Gärten, zu denen die Menschen geführt werden, um die krampfenden Nerven zu regenerieren? Ich versuche, mir das vorzustellen, und denke an Spitzwegs Landpartien mit einer Drohne darin, die das Soundprogramm «Chillen» spielt und den Sonnenschirm befördert.

Ich ziehe meine Sachen aus, strecke den Fuß ins Wasser, gehe weiter und will mich schon hineinsinken lassen, als die Sträucher und Bäume in eine ganz ungewohnt starke Bewegung geraten, sie biegen sich weiter, als ich es je gesehen habe, etwas fegt heran wie aus einer enormen Windmaschine. Ich steige aus dem See und zum Feld hinauf. Es ist eine breite graue Wand, die sich schnell nähert. Weder blitzt noch regnet es, beides scheint aber unmittelbar möglich. Ich beschließe abzuwarten. Setze mich mit meiner nassen Hose ins lange Gras, blinzele in die Sonne, die am Untergehen ist und heiß und schräg unter der Wolke durchscheint. Lange sitze ich so. Kann nicht schwimmen, traue mich auch nicht fort aufs offene Feld. Schaue nur in den Himmel. Die Halme und Büsche biegen sich im Wind, ich bin versteckt wie ein Tier im Gras und beginne, das gut zu finden.

Meine Welt stirbt, das ist nicht gut und nicht schlecht, es ist einfach so, und ich hänge dazwischen ... Aber es bleibt der Zwang, alles, alles, was war, noch einmal zu erzählen.

ANFANGS KOMME ICH nur alle paar Wochen. Samstagmittag breche ich auf. Vorfreude. Ich mache es zum Sport, möglichst spät in der Stadt auf die Straße zu gehen und den Vorortzug trotzdem noch zu schaffen. Ich laufe im letzten Moment los, die kurze Strecke zur U-Bahn schlängele ich mich wie der Spieler einer gegnerischen Mannschaft durch die neu eingekleideten Menschen, die zu den Cafés mit Tischen in der Sonne wollen oder zum Kiosk am Fluss, um ein Wegbier zu kaufen und durchs Viertel zu schlendern. Die Horde interessiert mich nicht. Ich laufe in umgekehrter Richtung zum Vergnügungsstrom, tauche in den kühlen Untergrund, renne nach zwei Stationen am Bahnhof die Rolltreppe hoch und schlüpfe gerade noch durch die sich schließenden Türen in den fast leeren Zug.

Selten lasse ich mir Zeit und kaufe am Bahnhof süßen Tee, den ich dann aus einem Becher in kleinen Schlucken trinke, während ich aus dem Fenster schaue und die Stadt draußen erst hässlicher und zugebauter wird und dann grüne Löcher bekommt, Felder sind kurz zu sehen, eine alte Allee zwischen zwei Siedlungsgebieten. Manchmal macht mich das Schlagen der Räder auf den Gleisen so schläfrig, dass ich kurz vergesse, dass Fiona nicht mehr da ist. Von der Station, an der ich aussteige, ist es nicht weit zu Fuß in den Garten. Ich sperre auf, lüfte, mähe, sitze etwas draußen und fahre dann wieder so zeitig zurück, dass ich zu Hause noch kochen und mit Stefan essen kann. Ich habe nicht das Gefühl, dass sich eine Veränderung ankündigt, ich denke gar nicht darüber nach. Es scheint mir eher eine Erkundung zu sein, eine Expedition in unbekanntes Terrain. Ich kann nicht sagen, warum ich glaube, dass die Richtung, die ich einschlage, zu stimmen scheint.

Wenn ich an solchen Abenden wieder nach Hause fahre, steige ich oft auf dem Rückweg ein paar Stationen vorher zum Einkaufen aus. Ich habe die letzten Jahre in der Mitte der Stadt verbracht. Wenn ich verreise, laufe ich zum Bahnhof, wenn ich Dinge brauche, gehe ich zu Fuß. Auf eine naive Art bin ich nicht an eine Shoppingmall gewöhnt. Ich bin am Anfang völlig überwältigt und beschämend leicht zu haben für die Geschäfte, die so angeordnet sind, dass sie zum Kaufen verlocken. Es gibt einen Pommes-Laden, und ich bekomme sofort Lust auf Pommes. Es gibt weiter drinnen im Gebäude eine Konditorei, vor der Tische wie im Freien stehen, und ich habe Lust auf Kuchen. Die meisten Menschen, die da sitzen, haben Tüten neben sich stehen, sie wirken völlig verausgabt und müssen sich offensichtlich erholen von ihren Einkäufen. Keiner scheint froh über die erworbenen Sachen, alle sind einfach nur schlapp. Dazwischen sitzen kopftuchtragende Mütter und Omas mit spielenden Kleinkindern, Teenager in Hängehosen, die sich zeigen, was auf ihren Displays los ist. Man muss dieses Einkaufszentrum gar nicht verlassen, denke ich, man kann hier den ganzen Tag verbringen, die Kunst ist dann nur, sich angenehm herumzudrücken und nicht zu viel Geld auszugeben.

Bei meinen Rückreisen in die Stadt erforsche ich nach und nach die drei Etagen dieses enormen Gebäudes. Das erlaubt mir, lang im Garten zu bleiben und trotzdem noch in kurzer Zeit alle Besorgungen zu machen, die für das Abendessen mit Stefan nötig sind. Ich gebe am Eingang den Code meiner elektronischen Identität ein und rolle hinunter in den riesigen Lebensmittelmarkt mit seiner enormen Auswahl an Salatölen, abgepacktem Käse, Knäckebrotsorten, Tiefkühlfisch. Die schiere Menge an guten Konserven, Joghurts, Shampoos und kleinen Haushaltsdingen berauscht mich, die Müsli-Sonderangebote und die akkurat arrangierten, preiswerten Gemüse, die zusammen mit weiteren Kaufvorschlägen angeboten werden, vor Weihnachten sind es Nüsse mit billigen Nussknackern. Diese Auswahl gibt ein Gefühl von Luxus. Bin ich bisher etwa unterversorgt gewesen? In der Shoppingmall befällt mich das angenehme Gefühl, dass alles, was es hier gibt, auch erlaubt sein könnte, schon wegen ihrer Menge müssen diese Produkte einfach die Realität sein, an der es nichts zu deuten gibt. Und auch, wenn ich selten etwas mitnehme, was ich nicht auch sonst kaufen würde, verliere ich mich beim Studieren der Inhaltsstoffe mir völlig neuer Produkte oder suche auf frischem, portioniertem Fleisch irgendeinen Hinweis, den ich selten finde, dass ich mir den Kauf nicht erlauben sollte, und bringe am Ende mehr Wein mit nach Hause als sonst.

Meistens schaue ich danach noch in die Kleiderläden, froh, dass die schweren Taschen meine Kauflust etwas bremsen. Vor allem erstaunt es mich, wie umstandslos die Labels, die Individualität und Besonderheit versprechen, kurz das ganze gesellschaftliche Spiel, das mit dem Genuss des Geldausgebens einhergeht – dass diese Labels sich hier alle in den gleichen parzellenartigen Ladenflächen befinden. Es ist sehr praktisch und ein bisschen obszön. In den Umkleiden liegen Staubflusen, das Licht ist grell, es riecht nach Schweiß und chemisch nach billigem Deo. Männer, oft auch die Mütter hocken mit den Einkäufen auf niedrigen Stühlen vor den überhitzten Umkleiden und geben mit oder ohne Aufforderung ihr Urteil zu den anprobierten Kleidungsstücken ab. Es gibt himmlisch saubere Toiletten und einen Lift hinab zu den Parkdecks, alles ist bedacht worden, um das Kaufen nicht durch Hindernisse zu erschweren. Es ist ein wohlgebauter Außenstützpunkt der großen Zufriedenheitsbeschaffung. Ich kann mich kaum losreißen.

Danach sitze ich dann bepackt im Zug und fahre die letzten Stationen in die Stadt hinein. Reiße eine Kekstüte auf oder beiße in eine Breze. Stefan wartet, hat schon eine Weinflasche geöffnet und erzählt etwas, das in der Zeitung steht. Ich gehe in die Küche und erhole mich langsam von der Verwirrung des Wiederhierseins.

Ich habe Zeit gebraucht, mich abzufinden. Dann stellte ich fest, dass ich nicht mehr an Fionas Rückkehr glaubte. Ich hörte auf, sie zu suchen. Die Herrlichkeit gab es danach lange nicht mehr für mich, die Herrlichkeit konnte es nur mit ihr geben. Mit Stefan war es anders, er gab mir Halt. Vielleicht hätte er sie nicht gemocht, denke ich manchmal. Ich verbrachte dann viele Jahre damit, Teil eines Paares zu werden, das mir fremd blieb. Und jetzt die Regression, das Zurückverwandeln. Das Aufwachen allein im Haus am Morgen. Sonne im Fenster.

Ich will erzählen, aber etwas redet mir dazwischen. Eine Stimme, die stört. Ich bin mir nicht sicher, ob ich ihr trauen oder misstrauen soll, manchmal scheint es mir, dass sie mich von hier wegführen will, dann wieder, dass ich vielmehr in diesem Haus einem Trugbild aufsitze und die Stimme auf meiner Seite ist und mich warnt.

Wenn ich versuche, mir darüber klar zu werden, befällt mich eine so große Müdigkeit, dass ich es wieder vergesse. Ich weiß, die Stimme kommt von dem Ort, zu dem mich meine Träume manchmal führen. Sie erzählt mir Daten und Geschehnisse vor, als müsste ich davon wissen. Ist das die Zukunft oder die Vergangenheit, die ich vergessen habe?

NACH DEM KAFFEE sperre ich morgens die Gartentür ab und wende mich üblicherweise nach rechts, wo nach einem halben Kilometer die Felder beginnen. Ich bin in meinen aus der Stadt mitgebrachten Laufsachen so bunt wie der heilige Tobias mit roten Strumpfhosen und der Erzengel Raphael auf dem Gemälde von Andrea del Verrocchio. Lass jemand in diesem Aufzug im Jahr 1470 eine Zugstunde entfernt von Florenz aufgekreuzt sein.

In den Feldern sitzen Vögel, nur wenn sie auffliegen, kann man die echten von den Drohnen mit den Kameraaugen unterscheiden, ihr Flügelschlag ist zu gleichmäßig für ein Amselherz. Die Natur gibt es jetzt zwei Mal. Die zweite ist eine, die der ersten täuschend ähnlichsieht, in der aber fremde Wesen hocken wie in einem verrückten Kopf: Unterthänigst, Scardanelli. Ich trage das Monomore mit mir, die Sendestränge über mir sind so unendlich wie früher die großen Überlandleitungen für Strom. Ich will mich aber nicht in den großen Sendestrang einloggen und mir ein Erlebnis holen, das nicht meines ist. Ich muss mich konzentrieren.

Was ich hier vermisse, sind Eisdielen. Die Schlangen vor den Theken wie früher, die Kinder, die sich beim Näherkommen so lange immer wieder umentscheiden, dass sie nicht mehr wissen, was sie wollen, wenn sie endlich gefragt werden. Mütter, die kopfschüttelnd für sie bestellen und ihnen die Waffel mit einer Serviette umwickelt in die Hand drücken mit der Mahnung, gut festzuhalten. Aber hier scheint es nicht üblich zu sein, zu Fuß mit den Kindern irgendwohin zu gehen. Es ist alles weitläufig, die neuen Häuserformen sind nicht so hässlich, wie man erwarten könnte. Die Stille der Ebene hockt in den Hecken, in den Gärten gibt es immer noch Pools. So war es schon, als ich ein Kind war, seither hat sich alles, wirklich alles in einer Siedlung verändert durch die Solarmodule, die das 3D-Prostod der Fassade aufrechterhalten, und die Fahrzeugantriebe, die weder Wärme noch Schmutz erzeugen, und durch die Geräte, mit denen wir verbunden sind. In so einer Welt, in einem Wohngebiet der Vororte, bin ich aufgewachsen, ich nenne es vielleicht besser die kleine Welt, das klingt hübsch, so lieb und hübsch und selig wie das, worum es bei alldem geht. Die Menschen sind anders gekleidet als damals, sie können sich viel besser zurechtmachen, keiner trägt mehr einen Stil, den er nicht beherrscht oder der zu grell wirkt, alles ist natürlich und dezent und *freudvoll*. Der Rasen in den Gärten ist nicht mehr so kurz, es gibt Sonnenblumen, Windorgeln und Windräder, mehr bunte Unordnung. Aber noch immer gibt es hier nur Häuser für glückliche Familien.

Ich komme an diesen Häusern und Gärten vorbei, wenn ich meine Strecke jogge. Das erste Mal, als ich durch die Siedlung laufe, halte ich den Blick vorsorglich auf den Boden gerichtet. Ich habe eine Scheu davor, links und rechts in etwas hineingezogen zu werden, mit dem ich nichts zu tun haben will. Ich spüre Angst vor den Häusern der glücklichen Familien. Ich weiß, dass es keine Familie gibt, die auf die vorgeschriebene Weise glücklich sein kann, aber hier sieht alles danach aus. So wie ich laufe, mit diesem gesenkten Blick, könnte man glauben, dass ich den Blick in die Überwachungskameras vermeide. Und so ist es auch.

Was denke ich, dass ich finden würde? Ich habe gewisse Dinge in Erinnerung; ich bin gefasst auf einen Anblick, bei dem ich Elend und Langeweile riechen könnte, ich fürchte mich vor fröhlichen Küchengardinen und vor Leuten wie denen, die sich früher vor ihren Häusern mit zackigen Bewegungen im Vorgarten zu schaffen machten wie ärgerliche Tierchen oder mit bösem Blick in der Nähe des Gartentors standen. Menschen mit bösem Blick haben mich früher in tiefste Verzweiflung gestürzt. Ich dachte immer, dass ich diesen Blick verdient hätte.

Das Unbehagen damals in der Kirche zwischen Leuten in feuchten Lodenmänteln, die Frauen mit Sonntagshut auf in Löckchen gelegten grauen Haaren. Großer Gott, wir loben dich. Ich war ergriffen von etwas, das mit dem Orgelbrausen zu tun hatte und mit den Bildchen von frommen Kindern, die wir im Religionsunterricht bekommen hatten. Ich fühlte einen Abglanz des Heiligen, sang laut und voller Inbrunst, ein warmes Gefühl von Liebe flutete meinen Organismus, und Liebe muss man teilen, hatte ich gelernt. Ich schaute also den Menschen ins Gesicht und wollte Liebe teilen, zugegeben machte ich vermutlich einen komisch erleuchteten Eindruck. Aber keiner lachte. Sie stierten. Ich schämte mich. Es hat lange gedauert, bis ich bemerkte, dass es keinen Zusammenhang mit mir gab. Diese Menschen schauten vermutlich auch sich selber im Spiegel so an. Vermutlich merkten sie nicht einmal mehr, wie sie schauten. Vermutlich waren sie bewusstlos.

Seit dieser Zeit war mein Verhältnis auch zum religiösen Empfinden von Kirchgängern skeptisch. Aber ich nahm die skrupulöse Ratlosigkeit durchaus ernst, die Andreas eines Tages befallen hatte, als er den Nachlass einer Tante ordnen musste. Er, der nie besonders gläubig gewesen war, hob einen Holzheiland am Kreuz hoch, mit geschnitztem Dächlein über seinem Leiden, wie es sein musste, und Plastikblumen, die in einen stilisierten Jägerzaun unten am Kreuz gesteckt waren. Es war der Herrgottswinkel. Eine Erinnerung kam in mir hoch an den Geruch von angetrocknetem Hefeteig in der Küche meines Großvaters, der Geruch musste aus der Zeit stammen, als die Großmutter noch lebte. Ihr Sterbebild klemmte zwischen den Plastikblumen unter einem fast identischen Heiland wie dem, den Andreas in der Hand hielt, in der Ecke über der Bank. Die Rollos waren immer heruntergezogen in dem Zimmer, das nach Süden ging und schnell heiß wurde. Der Großvater war ein massiger Mann und roch süßlich wie die Hefereste. Zu mir sagte er eines Tages, dass der Tod nachts an seinen Rollladen geklopft hatte, laut und deutlich. Bumm, bumm, bumm, machte der Großvater laut und furchtgebietend. Er lächelte hinterlistig. Er mochte es, mir Angst zu machen.

Drei Tage später war er tot. Er hatte es ernst gemeint mit seiner Ankündigung.

«Was machen wir damit», fragte Andreas, den Herrgott in der Hand. «Ist vor der Kirche ein Container dafür? Oder wie entsorgt man so was?»
«Gar nicht», sage ich, werfe die Plastikblumen weg und nehme meinem ratlosen Vater den Heiland ab.
«Du nimmst ihn?» Er wirkt, als hätte man ihn von einem Gewissensproblem befreit.
«Ja, ich nehm ihn, klar, mach dir keine Sorgen.»

Ich wollte einfach nicht, dass er sich quält. Aber ich hatte nicht vor, das Ding zu behalten. Ich würde es in die Tonne stecken, wenn Andreas nicht da war. Aber dann dachte ich, das könnte womöglich die Männer von der Müllentsorgung in Nöte bringen. Ich überlegte kurz, ob sie überhaupt sahen, was sie sortierten, aber ich wollte sichergehen, dass ich niemanden belastete mit diesem Heiland. Keine Schuldgefühle mehr in die Welt setzen, sagte ich mir. Ich wartete einen stillen Nachmittag ab, ging mit dem Kruzifix raus, nahm mit einem Schnitzeisen und ein paar gezielten Hammerschlägen Jesus vom überdachten Kreuz ab und steckte beide Teile in verschiedene Tonnen. Es fühlte sich gut an.

KONRAD KANNTE ICH schon sehr lange. Wir waren, bis er die Grundschule wechselte, in derselben Klasse gewesen, aber es war Fiona, die ihn im übernächsten Jahr auf einmal mit nach Hause brachte. Eine Geschichte mit seinen Eltern, glaube ich, er hatte keine Geschwister, und Fiona fühlte sich für ihn zuständig, warum auch immer. Sie waren ein kurioses Gespann, ein Elfjähriger und sie siebzehn Jahre alt. Ich war seltsamerweise nicht eifersüchtig. Konrad war uns irgendwie zugelaufen, und ich begriff, dass Fiona recht hatte und wir ihm helfen mussten. Er saß den ganzen Nachmittag auf der Parkbank vor dem Hallenbad und las, vielleicht konnte er nicht nach Hause, vielleicht wollte er nicht. Er hatte keine Freunde und redete mit niemandem. Er hatte abgenommen und trug kurze Hosen an eiskalten Tagen und Wollpullover auch bei großer Hitze. Es schien ihn zu überfordern, seine Aufmerksamkeit auf Kleidung zu richten. Als Fiona sich das eine Zeitlang angesehen hatte, setzte sie sich eines Tages zu ihm auf die Bank, schwieg eine Weile, dann hielt sie ihm ihre Wasserflasche hin, die er in einem Zug leertrank. «Komm, wir gehen zu uns», sagte sie, «Margarethe kennst du doch auch.» Sie stand auf und seltsamerweise folgte er ihr. So kam er zu uns, saß ab jetzt auf einem von Elisabeths Polstersesseln hinten im Garten oder in einer

Ecke von Fionas Zimmer und las nun dort. Wir päppelten ihn mit Obst und dickflüssigen Milchshakes auf. Er war nur ein halbes Jahr jünger als ich, aber das war genug für mich, um ihn vorübergehend als den kleinen Bruder zu betrachten, den wir nicht hatten. Dann zog Fiona aus, Konrad blieb weg, und mein Kontakt zu ihm verlor sich. Aber ihrer nicht. Als sie studierte, sah ich ihn zwei Mal von weitem aus ihrer WG kommen. Zuerst erkannte ich ihn nicht. Wir waren jetzt sechzehn und er war auf einmal ein großer Typ mit einer langen dunkelblauen Jacke, zu der er einen schwarzen Schal trug. War das Konrad, fragte ich. Ja, sagte sie und sonst nichts. Sie machte aber auch nicht den Eindruck, dass sie etwas verbarg.

Fiona war eigentlich eine Meisterin darin, abzuhauen, Beziehungen zu kappen, Dinge hinter sich zu lassen. Sie schien nie auf Menschen oder an Orte zurückzukommen, sie hatte offenbar überhaupt kein Bedürfnis danach, sondern wollte immer weiter. Ich hatte Angst, dass sie eines Tages auch mich zurücklassen und vergessen könnte, aber das tat sie seltsamerweise nicht. Damals noch nicht. Obwohl ich eines mit Sicherheit sagen kann, dass sie mich nicht brauchte. Sie gab mir das Gefühl, dass ich ihr wichtig war, obwohl ich eine Zwölfjährige mit Topfschnitt und Ansatz zur Pummeligkeit war. Sie ging damals, ohne mich zu verlassen.

Beim ersten Mal hatte sie gerade ihr Abitur bestanden, obwohl sie fast jeden Abend ausging. Sie lernte mühelos. Sie konnte sich enorme Mengen Wissen über Nacht anlesen und am nächsten Tag in einer Prüfung reproduzieren. Und dann vergisst du es wieder?, fragte ich sie neugierig, als ich einmal nachts aufs Klo musste und noch den Lichtspalt unter der Tür sah. Da saß sie um halb drei konzentriert in ihrem Dachzimmer, ging mit einem Buch in der Hand zwischen anderen aufgeschlagenen Büchern herum, die auf dem Boden und allen möglichen Orten auf den Möbeln lagen. Es war hell, gar nicht nächtlich, ihre langen Haare wippten weich, wenn sie herumlief. Sie sah mich hereinkommen und lächelte, als hätte ich sie nicht beim Lernen gestört, sondern als würden wir gleich etwas Schönes zusammen machen. Sie klopfte mit der Hand auf das scheußlich schicke Jugendbett, das Elisabeth für sie ausgesucht hatte, und zeigte mir so, dass ich mich setzen sollte. Ich fühlte mich wohl und sicher in ihrem Zimmer, etwas Vanilleduft lag in der Luft, ein kleiner gewebter Wollteppich hing an der Wand, den ihr Paul von einer Marokko-Reise mitgebracht hatte. Paul war in Fiona verknallt, was sie gutmütig hinnahm, ohne dass es ein Problem zwischen ihnen wurde. In dem Muster des Teppichs dominierte eine wilde Mischung aus Braun, Rot und Lila, die ich beeindruckend fand, aber Fiona meinte, die Kombination sei schlimm und erinnere sie an Räucherstäbchen. Trotzdem duldete sie den Teppich in ihrer Umgebung, was in meinen Augen auf jeden Fall für Paul sprach.

«Und dann vergisst du es nach der Prüfung wieder?», sagte ich also, denn ich wollte das Turbolernen eines Tages genauso können wie sie. Sie schaute mich grünäugig und mit einem lustigen Gesichtsausdruck an. «Nur die dummen Sachen», sagte sie und schmatzte mir einen Kuss auf die Backe.

Ich bin skeptisch, ob wir tatsächlich von Anfang an schon alles in uns haben, was unser Leben ausmachen wird, ob nicht die Abweichungen von dem, was wir von den Anlagen her sein könnten, erst die Person ausmacht, die wir sind. Aber bei Fiona war es so, sie war wie ein Energiefeld, das nur noch eine größere Form suchte.

Der Anruf, der viele Jahre später alles veränderte, kam von einer Nummer, die mein Telefon nicht gespeichert hatte und die ich mit niemandem in Verbindung brachte. Sie hatte viele Dreien und Zweien, die Polizei sagte später, dass diese Nummer nicht registriert sei.

Aber dennoch, von dieser Nummer aus rief meine Schwester an. Ihre Stimme war, darüber dachte ich später manchmal nach, wie ich überhaupt oft über diesen Moment nachdachte, nicht höher als sonst. Doch ich hörte ihre Atemlosigkeit. «Margarethe, ich kann dir das jetzt nicht erklären, aber ich muss weg. Es geht mir gut. Wir werden uns wiedersehen, aber es wird lange dauern. Such mich bitte nicht. Und sei nicht traurig.» Dann hat sie aufgelegt. Ich starrte auf das Display. Sei nicht traurig. Bei diesem Satz bekam ich Panik. Ich wählte die Nummer, von der aus sie angerufen hatte, aber es ging niemand hin. Auch im Laufe des nächsten Jahres nicht, in dem ich es immer wieder versuchte, während die Polizei nach ihr fahndete. Auch Konrad, der damals oft bei ihr gewesen war, wenn er programmierte, wusste nichts. Er war bestürzt und verzweifelt auf eine Weise, die ich seltsam fand, es war, als würde er etwas begreifen, das ich nicht sah. Als ich nach ihrem Anruf in ihre Wohnung ging, war alles aufgeräumt und der Kühlschrank sauber und leer. Die Miete hatte sie für ein Jahr im Voraus bezahlt, sagte der Hausbesitzer, den ich im Treppenhaus traf. Dann nichts mehr.

Ich träume die Abfolge der Zahlen, sie ziehen vorbei, rot auf schwarzem Grund. Nach fast zwei Jahren klickte es, und ich hatte jemanden in der Leitung. Ich verstand erst nicht – so lange hatte ich darauf gewartet. Es war ein Mann am Apparat, der sich von mir und der Geschichte, die ich erzählte, gestört fühlte. Ich solle ihn in Ruhe lassen und zum Arzt gehen, sagte er. Die Nummer hätte er gerade erst mit seinem neuen Vertrag erhalten und von einer Fiona noch nie gehört. Ich glaubte ihm.

Dann das langsame Verstehen, dass sie nicht wiederkommt. Die Wut auf sie am Anfang, die verhinderte, dass ich sie vermisste. Es begann in den Nächten, dass ich den Schmerz fühlte. Aus einem Traum gerissen und ins Dunkel starrend, hatte ich Angst um sie. Zum ersten Mal. Und um mich ohne sie.

DAS WARTEN AUF DEN EINEN, den entscheidenden Moment, von dem ich nicht weiß, wann er kommt, erfordert Aufmerksamkeit. Das lässt sich nicht erklären – warum ich ganz einfach weiß, dass bald eine Lücke in der gnadenlos zähen Zeit aufreißen wird, in die ich hineinspringen kann. Das Gefühl habe ich schon eine ganze Weile. Vielleicht wird sich die Lücke ganz einfach dort am Himmel vor mir auftun oder auf dem Weg vor mir. Ich darf dann nicht zögern, wenn ich zu meiner Schwester gelangen will. Das Warten ist ein Zustand, für den ich nur langsam Rituale finde.

Ich weiß nicht mehr genau, wann Andreas damit anfing. Es war immer schon vorgekommen, dass unser Vater sich abends noch an ein Handbuch setzte und lernte. Eine neue DIN-Norm oder etwas in der Art. Er behielt dabei seine Tageskleidung an, Hemd und die feinen Pullover, die Elisabeth aussuchte und die ihm, wie sein Lederaktenkoffer, etwas Weltmännisches gaben, das ihm selber völlig entging.

Diesmal war es etwas anderes. Wir hätten es früher bemerken können, Fiona und ich, aber wir waren mit uns selbst beschäftigt. Andreas kaufte ein Gerät von Hewlett-

Packard und saß abends lange davor, das Handbuch neben sich. Das Gerät dominierte jetzt sein Arbeitszimmer, denn es strahlte eine völlig andere Sorte Licht aus als die Schreibtischlampe, unter der er sonst saß. Es sah im Vergleich zu einem Fernseher langweilig aus. Aber nur auf den ersten Blick. Auf dem ungefähr fünfzehn Zentimeter großen Bildschirm, der vor unseren Familienfotos an der Wand stand, sah man Buchstabenfolgen in Grün. Und einen blinkenden Strich dort, wo das Gerät auf eine Eingabe wartete. Wenn man dieses Blinksignal einmal wirklich bemerkt hatte, setzte es einen unter Spannung, sobald man im Raum war. Es war wie ein Pulsschlag, mit dem man sich verbinden konnte und der reagierte.

Andreas hatte uns Mädchen immer alle möglichen Geräte vorgeführt, das war seine zerstreut väterliche Art, sich mit uns zu beschäftigen. Er ignorierte zwar unsere Welt, ließ uns aber großzügig an seiner teilhaben. Er bastelte mit uns Zigarrenkisten, auf denen man über Knöpfe bunte Lämpchen zum Leuchten bringen konnte. Wir lernten, wie man die Kontakte einer Hi-Fi-Stereoanlage lötet, was der Unterschied zwischen einer Leica mit Blendenverschluss und einer Spiegelreflexkamera ist, und verdrehten die bezopften Köpfe, weil der Sucher der Rolleiflex auch alles auf dem Kopf zeigte. Selten waren Fiona und ich beide begeistert, der Altersunterschied war einfach zu groß. Eine von uns lungerte immer auf die Ellenbogen gestützt herum, wetzte ein Bein am anderen und zog ein Gesicht, während die andere große Augen machte.

Den Bildschirm mit dem Blinken hat Andreas uns nicht erklärt, er war zu beschäftigt. Wir standen daneben, aber er musste ihn zuerst selber begreifen. Ich erinnere mich an meine eigene Aufgeregtheit, wenn ich an den Apparat und den blinkenden Strich dachte, der nach einer Eingabe verlangte. Alle Apparate, die ich bisher gekannt hatte, schaltete man einfach aus. Das hier kam mir anders vor. Etwas da draußen war immer da und wartete.

Andreas wippte mit den Füßen unter seinem verchromten Drehstuhl mit tannengrünen Polstern. Wir durften zusehen, mussten aber still sein, damit er sich auf seine Eingaben konzentrieren konnte. Er vergaß, dass wir hinter ihm standen, vergaß sogar, dass wir stören könnten. Mit dem Finger ging er eine Stelle im Handbuch durch, fuhr den Absatz wieder hoch und las es noch einmal Zeile für Zeile. Zwischendurch griff er zu dem Rechenschieber, den er stur weiter benutzte, obwohl es Taschenrechner gab. Wenn ich überlege, was mich am meisten verblüffte, dann wahrscheinlich das: Andreas, der alles konnte, bemühte sich so um diesen Apparat, dass er seine Sprache lernte, die Pascal hieß. Es musste wichtig sein, Pascal zu können, aber ich dachte: Vielleicht übertreibt er es ja auch mit diesem Gerät.

Das grüne Blinken ... Ich könnte in mich hineinhorchen und den Moment mühelos mit Bedeutung aufladen. Könnte forschen, ob ich es unheimlich fand, das phosphorartige Grün oder die große Schwärze dahinter. Ich könnte behaupten, den Pulsschlag eines neuen Wesens gesehen zu haben, das sich uns vorstellte, um dann nach und nach mehr von sich zu zeigen, und das mit seiner Logik die unsere überrollte. Die Wahrheit ist: Nichts dergleichen empfand ich und Fiona auch nicht, denke ich. Es blinkte freundlich, so wie ein Hund mit dem Schwanz wedelt. Es wedelte um Aufmerksamkeit. Es wollte spielen, wie ich.

Heute weiß ich, dass jenes Blinken vorauswies auf das, was danach erst langsam entstanden ist, auf etwas hinter der Maschine, das damals bei uns noch nicht existierte. Andreas' Computer war ein Einzelgerät ohne Netzwerk. Die Programme, die er schrieb, automatisierten einige technische Berechnungen, die häufiger erforderlich waren. Er gab keine E-Mail, keine Chats, es gab überhaupt keine Daten, die nach außen drangen, sofern sie nicht auf einer Floppy Disk verschickt wurden. Es gab noch nicht einmal eine Leitung dafür. Er tippte etwas in das Gerät hinein, und es gab ein Ergebnis, einfach als Ziffer im Drucker. Was später kam, die weltweite Vernetzung, fanden wir erst nicht so viel anders, es fiel für uns in eine ähnliche Kategorie wie das, was wir über Computer gelernt hatten. Aber der Unterschied ist von heute aus betrachtet extrem bedeutend. Der Raum hinter dem Blinken öffnete sich und wurde *ein neuer Raum*. Was immer dort gerade war – es hörte zu und antwortete. Anfangs saßen die Menschen vor den Geräten, wie sie vorher vor dem Radio oder einem Funkgerät gesessen hatten, nur war das hier größer und schöner. Später hörten uns immer mehr Maschinen zu und werteten aus, lernten. Wir hatten ihnen einen Zugang in unser Innerstes gelegt. Und wir wussten es nicht. Wir spielten.

ALS ICH JUNG WAR, wäre ich nie auf den Gedanken gekommen, etwas anzupflanzen, zu gießen, zu jäten. Ich wollte mich an nichts binden. Jetzt schaue ich aus dem Fenster und der betörende Geruch von umgegrabener Erde, in der tief der Giersch gewurzelt hat, kommt mir in den Sinn. Ich habe noch nie erlebt, wie der Birnbaum nach einem Herbst, in dem er übervoll war, ausruht und nur fünf oder zehn Blüten bildet. Meine Unvernunft und die Vernunft der Bäume, denke ich. Und werde ruhig.

Ich wäre nie einfach so wie jetzt öfter untätig in der Sonne sitzen geblieben. Ich hätte an einem schönen Tag meine Stiefel geholt und wäre losgezogen, egal wohin, nur musste es ein Ort in der Mitte von etwas sein. Immer hatte ich so gelebt. Heute würde ich sagen, dass sich die Mitte als unzuverlässig erwiesen hat, dass mich dort nichts mehr reizt. Dass ich ihr den Rücken kehre und lieber meine eigene Mitte bin. Obwohl das nicht stimmt. Es ist nur so, dass der flirrende Größenwahn oder das Versprechen verschwunden ist, weswegen eine Mitte sich so nennen durfte und herrlich war.

Bis der Moment kommt, auf den ich warte, könnte es noch dauern. Ich halte das Gewehr bereit, aber hier in diesem Haus, das ich in Wahrheit gar nie verlasse, auch wenn ich so tue, aber schließlich darf ich auf keinen Fall weggehen – hier bin ich oft wie jemand, der mir unbekannt ist. Jemand, der kochen, backen, putzen und einmachen könnte und die Tiefkühltruhe auffüllen, die es nicht gibt, den Inhalt von nicht vorhandenen Schränken sortiert. Eine Frau, die glücklich dabei ist, allerlei Delikates auf Vorrat bereitzustellen und Gästebetten unauffällig parat, aber stets gut gelüftet zu halten – alles, was ich nie wollte. Ich verwandle mich in jemanden, mit dem ich nichts zu tun habe und der mit sich, anders als ich, völlig im Reinen ist und frei von Zweifeln. Ein wenig unnatürlich aufgedreht, würde ich womöglich sagen, wenn ich von außen zusehen würde, wie ich meinen Phantasiepflichten nachkomme. Nur dass ich in diesen Phasen niemals etwas seltsam finde, nicht den kleinsten Abstand von mir als Haus-Frau lasse ich zu. Mich beschäftigen dann höchstens Überlegungen wie die, ob ich beim nächsten Mal den gelben oder den grünen Badreiniger nehmen soll. Warum habe ich nicht viel früher erkannt, dass mich diese Beschränkung glücklich macht? Du bist ein gutes Mädchen. Endlich ein gutes Mädchen. Ich lächle und döse ein bisschen in der Vorstellung von einfacher Freude. Die Hand um das Gewehr lockert sich.

Angenommen, ich stünde jetzt von meinem Platz auf, sofort würde ich eine Schürze anlegen, ein Kopftuch umbinden und verschiedene Tätigkeiten in Angriff nehmen, nach einer vorher erst noch zu erstellenden Liste, die lang und mit einem Seufzen des Wohlbehagens immer länger und komplizierter würde. Ich könnte, nur zum Beispiel, auf die Idee kommen, durch die Luke zum Dachboden hochzukriechen, wo verlassene Wespennester liegen und zerbrochene Dachziegel und Sonnenstrahlen von oben schräg durch einen schmalen Spalt ins Halbdunkel scheinen. Die Unordnung, die ich dort vorfinde, würde von einer strahlenden Fee, also mir, mit einem leisen Pling weggezaubert. Ich klatsche begeistert in die Hände und verbeuge mich.

Sagte ich schon, dass ich das grüne Blinken mochte? Das ist wichtig zu wissen, denn jetzt ist auf einmal Andreas da und will mir in mein warmes Wohlbehagen hinein etwas beibringen, das mich stört. Er sagt: «Du musst dich erinnern!» Das Blinken winkt mir auf dem alten Bildschirm meines Vaters zu, es will spielen, es lockt mich her, und ich lese, was da steht:

Die ersten Versuche mit dem Prozess des Life Recordings gab es sehr früh, schon zu Anfang des Jahrhunderts. Damals wurden die Verbindungen zwischen Gehirn und Rechner entwickelt. Die Forschungen wurden an Freiwilligen durchgeführt, es ging nicht nur um das Erkennen von gerade gegenwärtigen Gedanken durch die Geräte, sondern um das Aufspüren und Kopieren der im Gedächtnis gespeicherten Erinnerungen. Die meisten Probanden waren selber Entwickler und glaubten an die künftigen Möglichkeiten. Es zeigte sich aber, dass das Auslesen mittels der für diese Aufgabe weiterentwickelten Brain-Computer-Interfaces das Nervensystem überlastete. Die Geräte waren noch gar nicht besonders leistungsfähig, dennoch soll es schon damals, wie später bekannt wurde, zu Todesfällen gekommen sein. Trotzdem hielt man in einem gewissen Rahmen an den Versuchen fest.

Als dann die Liebseligkeitsgeräte auf den Markt kamen, nahmen deren Entwickler das Life Recording im großen Stil wieder auf. Die Inneren Dateien, die man dabei erhielt, waren für sie zunächst von dem konkreten Anwendungsinteresse, für die Nutzer besonders effektvolle Belohnungserlebnisse zu designen. Es gelang in dieser Phase zum ersten Mal, aus den Gehirnströmen tatsächlich die Inhalte des Gedachten und Erinnerten außerhalb des menschlichen Organismus zu reproduzieren.

Das große zivilisatorische Ziel, an dem unter hohem Erfolgsdruck gearbeitet wurde, bestand darin, eine sichere digitale Parallelexistenz zur materiellen Welt zu erschaffen. Diese Parallelwelt sollte von der Liebseligkeitstechnologie profitieren – Menschen würden sich gerne dort aufhalten, wenn sie dabei einen Zustand von Glück erleben könnten. Dieses Gefühl sollte anhand der kollektiven Erinnerungsdateien programmiert und reproduziert werden.

Der Einsatz für die Große Transition gab dem Life Recording eine völlig neue Bedeutung, trotz der Risiken. Unheilbar Kranken wurde angeboten, sich auslesen zu lassen, gegen ein erhebliches und vererbbares Honorar und eine Kopie der extrahierten Erinnerungen, die zugleich in den Weisheitsspeicher eingingen. Die Qualität der digitalen Existenz erfuhr mit der wachsenden

Datenmenge aus den Erinnerungs-Kopien eine enorme Steigerung.

Die Erlebnis-Files aber, eine allgemein zugängliche Auswertung von anonymisierten Teilen der Inneren Dateien, wurden zum eigentlichen Grund für die Akzeptanz der Liebseligkeit in der Gesellschaft. Man konnte nun virtuell in einen Teil der Erinnerungen anderer eintauchen und sie direkt erleben, als würden sie sich gerade abspielen. Recorded Reality hatte nun die köstlichen Verstörungen und Schrecken, für die die virtuelle Realität bisher zu ungelenk gewesen war.

Mit der Gründung des Weisheitsspeichers und der Betreiberfirma TERR beschleunigte sich die digitale Transformation enorm. Das Liebseligkeitsprojekt ging damals in TERR auf. Teile des Weisheitsspeichers glichen anfangs einem historischen Zeitzeugen- oder Museumsprojekt, die Leute gingen zu den noch primitiven Einspeisestellen und erzählten, lasen Bilder und Dokumente ein oder musizierten zusammen für eine Aufnahme. Auch all das wurde in die Erlebnis-Files der Einwelt implementiert. Damit wurde der Weisheitsspeicher eine zentrale Identifikations-Instanz für weite Teile der Gesellschaft, vergleichbar etwa mit der Attraktion des «Netzes» in den nuller Jahren. Für TERR war vorrangig, dass man sich in der Einwelt ganz natürlich bewegen konnte, ohne ein Gefühl von Fremdheit. Für die Entwickler bestand das Potenzial der Brain-Computer-Interfaces aber vor allem in der Implementierung von Inneren Dateien in die Maschinen, die daraus lernten. Ein Teilforschungsgebiet entstand aus der Frage, welche Erkenntnisse die Inneren Dateien speziell zum Entstehen von Widerstand lieferten. Ließen sich hier gemeinsame Muster finden, könnte der Prozess der Willensbildung womöglich von außen wirksam beeinflusst werden.

Die Einwelt sollte, und dazu gab es nach den Krisen der 2030er Jahre so gut wie keine Gegenposition mehr, von einem rein spielerischen Nachbau der analogen Welt zur kollektiven und individuellen Aufenthaltszone werden. Zu einem sicheren Ort.

«Du musst dich doch erinnern», sagt Andreas noch einmal. Ich erinnere mich aber nicht. Beim Lesen erkenne ich kurz etwas wieder, dann ist es weg. Ich will nicht dorthin. Ich muss nicht dorthin. Wo war ich gerade? Die zuckersüße Hausfrau, ja, daran erinnere ich mich, und die Erleichterung dabei. Eine Erlösung von mir selbst, denke ich. Entspannung. Ein friedliches Summen. Ist es nicht das, was ich will?

Nein. Ich werde wachsam und kämpfe mich gegen eine zähe Schicht von Wonne zurück zu mir selbst. Ich misstraue dem. Es ist nicht echt. Kommt mir nicht zu nahe!

Erlösung. Was für ein Betrug.

UNGEFÄHR DREI JAHRE nachdem sich Andreas das Gerät gekauft hatte, gab es die ersten Computer in der Schule. Sie standen in einem Raum, der sich nicht im normalen Klassentrakt befand, sondern hinter dem Lehrerzimmer, das man auf dem Weg dahin durchqueren musste. Niemals sonst gelangte man an den Ort, an dem die Lateinlehrerin Frau Ortlieb in ihr Kostüm gepresst Hefte korrigierte und aus einer Blechdose Brote fraß, wo an einem Bord an der Wand mit bunten Karten die Stundenverteilung geregelt war und das Radio lief. Informatik unterrichtete ein Lehrer, den wir nicht kannten, weil er sonst Wirtschaft für die Oberstufe gab. Er hatte Mühe, uns durch das Lehrerzimmer zu treiben. Wir wollten nicht weitergehen. Eine Horde Pubertierender mit Föhnfrisuren, Lipgloss, Kajal und weißen stinkenden Turnschuhen an den Füßen bestaunte kichernd und blökend die Banalität dieses Ortes.

Ich freute mich auf die Computer. Ich fühlte Triumph bei der Aussicht, dass ich das Gerät bedienen könnte. Aber dann wurde alles kompliziert, ohne dass es ausreichend Erklärungen dafür gab oder Antworten auf meine Fragen. Es stellte sich heraus, dass die Sprache dieser Computer nicht Pascal war, wie ich es erwartet hatte, sondern

Basic hieß. Vieles war kompliziert in dieser Zeit. Ich drehte die Haare wie eine Kordel auf und hielt sie mit einer Spange aus dem Gesicht. Meistens trug ich Jeans und dunkelblaue Sweater, obwohl Elisabeth viel Zeit damit verbrachte, mich durch Geschäfte zu treiben und Röcke und Blusen in fröhlichen Farben für mich auszusuchen, die dann im Schrank verrotteten. So kriegst du nie einen Mann, sagte Andreas einmal mit Seitenblick auf mich und schaute gleich wieder in sein Buch. Ich verstand schlagartig, dass er mich nicht als seinesgleichen sah. Dabei hatte er uns doch alles gezeigt, was er wusste, Fiona und mir. Wozu, wenn es nur darum ging, ob wir einen Mann fänden? Es muss in diesem Moment gewesen sein, dass mir meine kindliche Zuneigung zu Andreas abrupt abhandenkam. Ich mied ihn für längere Zeit. Fiona war schon weg, ihr Zimmer neben meinem war jetzt eine Abstellkammer. Elisabeth war mit sich selbst beschäftigt. Es begann die Zeit, in der ich herumstreunte, um nicht nach Hause zu müssen.

Die Computer in der Schule rochen nach warmem Plastik und dem elektrostatisch angezogenen Staub auf dem Bildschirm. Andreas war nicht mehr mein Held, seine Technikversessenheit hatte ich trotzdem. Ich wollte verstehen und fragte jedes Mal, wenn sich meinem Verstehen ein Hindernis in den Weg schob. Die anderen verdrehten die Augen, der Lehrer rief mich schnell nicht mehr auf. Nach ein paar Wochen gab ich mein mühseliges Interesse auf und langweilte mich wie die anderen. Der Computerraum war dafür ideal. Hinter den großen Bildschirmen konnte man unbeobachtet alles tun, was man wollte. Die

Buben popelten in ihren Pickeln und spielten mit einem kleinen Plastikbrett, auf dem man eine silberne Kugel durch ein Mini-Labyrinth balancieren musste. Ansonsten waren sie überzeugt, dass sie Informatik schon jetzt beherrschten. Die dämlichen Mädchen in meiner Klasse ordneten währenddessen ihre Karteikarten nach Farben und hatten sich darauf verständigt, dass es hier um Mathe ging und es deshalb sowieso zu schwer für sie war. Sie würden nach dem Abitur mit dem einzigen Ziel studieren, Grundschullehrerin zu werden und bald zu heiraten. Sie hatten es nicht besser verdient. Ich hasste sie.

Keiner sagte uns, wofür man Informatik brauchte. Niemand berichtete davon, dass in den USA gerade die Verbindung zwischen den Rechenmaschinen technologisch so weit entwickelt wurde, dass sich Menschen in verschiedenen Ländern Nachrichten schreiben konnten. Oder dass in diesem Moment gerade das entstand, was wir bald das Netz nannten. Es blieb rätselhaft, wozu wir das beigebracht bekamen, und nach einem Schuljahr, in dem wir Basic-Befehle mit Füller in unsere Hefte schrieben, auswendig lernten und den Raum mit den Computern nur noch selten betraten, war nie wieder die Rede davon. Innerhalb eines Jahres hatte das grüne Blinken jede Kraft verloren. Aber es war nur vorübergehend, für ein paar Jahre. Dann war es zurück, auf einem anderen Gerät, in einer anderen Zeit, aber ich erkannte es sofort wieder. Ich mochte es.

Wir begriffen zu spät, dass unsere Daten anderen Macht über uns gaben. Alles, was wir taten, war Material. Wir selber waren Material, und wir hatten es zugelassen. Wir hatten mit dem grünen Blinken gespielt, aber wir hatten nicht erkannt, dass wir dabei nicht allein waren. Niemals gewesen sind. Jaron Lanier hat vor langer Zeit im Jahr 2015 gesagt, im Silicon Valley wohne die freundlichste und gutmütigste Diktatoren-Klasse in der Geschichte der Menschheit. Und dass diese Konzerngründer irgendwann sterben werden. «Was dann kommt, wissen wir nicht, und wir können es auch nicht kontrollieren.»

Fiona hatte später ihre ganz eigenen Einwände entwickelt. Eines Abends, nicht lange vor ihrem Verschwinden, sagte sie mir: «Ich habe jetzt schon länger das Gefühl, dass es praktisch nicht mehr möglich ist, irgendetwas zu tun, ohne die digitale Kopie zu füttern, die von mir entsteht. Es gibt keine Menschen oder geographischen Orte mehr, die aus Sicht der Maschinen nicht gleichzeitig auch Datenansammlungen und Knotenpunkte in einer virtuellen Landkarte sind. Alles, was ist, besitzt ein digitales Spiegelbild. Oder fast alles», sagte sie und lächelte versonnen, fast lüstern. «Das, was keines hat, das sind die besseren Dinge, finde ich.»

«Am Anfang bemerkte ich kaum, was geschah», fuhr sie fort. «Nämlich, dass langsam mein Leben verdoppelt stattfindet. Ich meine das Leben, wie ich es gekannt habe und das ganz einfach aus Sinneseindrücken, Gefühlen und den Ereignissen eines mittelaufregenden Daseins am Anfang des einundzwanzigsten Jahrhunderts bestand, ohne dass gleichzeitig eine digitale Mitschrift davon abgelegt wird. Es kommt mir so vor, dass aus der

Summe aller digitalen Mitschriften aller Leben gerade eine andere Form von Geschichte und Geographie entsteht, es sind Maschinenprotokolle. Sie sind das, was die Programme von uns erkennen können. Spuren, verdichtet in Datenströmen, die erst eine grobe Form der Welt nachbilden, sich aber in immer mehr Lebensbereiche ausdehnen, sodass die Maschinenprotokolle eine immer genauere virtuelle Parallelstruktur zur analogen Welt ergeben. Gewissermaßen als Hohlform unserer Existenz.» Ich hatte noch nie darüber nachgedacht. Maschinenprotokolle. Ich malte mir im Kopf ein Bild von diesem Wort, was mir nicht gelang.

«Und dann geschah etwas Merkwürdiges», sagte Fiona. Als schließlich fast alles, was sie tat, mit einer Anfrage an die Maschinen verbunden war, habe sie eine Langeweile erfasst, die sie bis dahin nicht kannte. Und es wurde noch schlimmer, sagte sie. Von den Datenströmen seien eben auch alle anderen Menschen, die sie kannte, angeleint. Wir alle zusammen würden ständig irgendwohin gelockt. Sie fühle sich da an einem falschen Platz, von wo sie nicht fortkam, wo auch nichts sei, was sie wirklich interessiere. Als ob sich die Schwerkraft plötzlich vervielfacht hätte, sagte sie, und die Füße sich nicht mehr losbewegen können zu einem Hüpfen oder einer kostbaren Heimlichkeit. Etwas hatte sie eingefangen. «Mich, die ich nie Teil von etwas sein wollte», rief sie wütend.

Es stimmt, sie hatte selten Langeweile, wenn es nicht gerade zufällig einmal ihre feierliche, inszenierte, eben ihre *herrliche* Langeweile war. Normalerweise liebte Fiona

Pläne. Sie machte Pläne, wie andere Kuchen backen, und dann aß sie.

Als sie mich zum ersten Mal verließ, wollte sie zum Studieren nach Frankreich, in den Süden an die Universität von Montpellier, und Elisabeth, die aus irgendwelchen Gründen dagegen war, vielleicht, weil Fionas Auszug das Haus leerer machen und Platz für mehr Staub und Sinnlosigkeit schaffen würde, führte sich deswegen auf, und zwar auf eine entsetzliche Weise. Sie bekam in diesen Wochen einen schnappigen schmalen Mund, und jedes Mal, wenn Fiona ihr nicht ausweichen konnte, sprach sie aufgeregt auf sie ein. Eine kleine Frau mit sehr blond gefärbtem, straff zurückgebundenem Haar und Perlenohrringen redete mit in den Nacken gelegtem Kopf nach oben zu ihrer Stieftochter hoch, die Schlaghosen trug und ihre Sachen in einer Wildledertasche mit Fransen herumschleppte.

Elisabeth entwickelte über Wochen hin immer neue sadistische Details davon, was Fiona passieren könnte. Besonders oft schilderte sie, wie junge Frauen mit Schlafmitteln betäubt und von vielen, wirklich vielen Männern vergewaltigt und schließlich auf geheimen Wegen außer Landes geschafft worden seien, wo sie schließlich in einem Harem als Sex-Sklavinnen gehalten wurden. Lass mich in Ruhe mit deinem Quatsch, sagte Fiona dann meistens. Aber eines Tages, ich saß auf der Eckbank, hatte wie üblich alles im Blick, ohne dass mich jemand wahrnahm, und aß ein Erdnussbutterbrot, da reichte es ihr. Sie starrte Elisabeth, die gerade eine neue Attacke versuchte, böse an und sagte den tödlichen Satz: «Du willst mir doch bloß Angst machen, weil du keinen Sex mehr hast.» Elisabeth wirkte für einen Moment wie betäubt, dann jaulte sie regelrecht los, brüllte, heulte, bis Andreas kam, dem sie sich an die Brust warf und theatralisch erzählte, was passiert war, der Fiona eine knallte, die kreideweiß und stumm ein paar Sachen zusammensuchte und das Haus verließ.

Bis zu ihrer Abreise wohnte sie bei einer Freundin in einer verkifften WG, wo ich sie besuchte und sah, wie sie litt, und sie nicht trösten konnte. Einmal saßen wir bei offenem Fenster auf ihrer Matratze am Boden, vor dem Haus ploppten Kastanien auf das Pflaster, Fiona hatte Tee gemacht, und ich fragte sie, ob die Geschichten stimmten, die Elisabeth von den geraubten Mädchen in den Harems erzählt hatte. Auf einmal lachte sie. «Keine Ahnung. Aber mach dir keine Sorgen, dich und mich würden sie im Harem nicht nehmen.» Ich verstand zwar nicht, ob das gut oder schlecht war, aber ich war beruhigt.

Fiona ging nach Montpellier, kam zwei Jahre später wieder, hatte Lucas mit den blonden Locken im Schlepptau, Lucas, der für alle in der WG kochte und den ich anhimmelte, während er Fiona anhimmelte, bis er irgendwann weg war und einer von den vielen wurde, die sie hinter sich gelassen hatte. Sie lernte jetzt für ein Aufbaustudium Eventmanagement, zog mit Kindern Gemüse in öffentlichen Parks und demonstrierte gegen die Patentierung von Saatgut.

ICH TRÄUME VON ANDREAS. Er sitzt in einem Flugapparat und trägt die braune Ledermontur der ersten Piloten. Er winkt mir, und ich klettere zu ihm in das Gestell. Statt zu starten, fahren wir auf einer leeren Straße entlang, die weiter hinten ansteigt, wo auch Autos zu sehen sind. Ich wundere mich, dass er hangaufwärts starten will, aber ich täusche mich. Andreas hat noch gar nicht die Absicht zu fliegen, wir rollen nur die Hügelkuppe hinauf. Oben fragt er mich: «Wie kommen wir jetzt nach Hause?» Ich wundere mich nicht, denn ich denke, dass er in seinem Alter wahrscheinlich einfach vergesslich wird. Er sagt, wir müssen auf die Berliner Allee kommen, ab da kennt er sich wieder aus, aber geht es jetzt links oder rechts dahin? «Rechts», sage ich. Und er sagt: «Gut, dann treffen wir uns später da, ich muss noch Hemden kaufen.»

Er steigt aus, um einkaufen zu gehen. Er will, dass ich in der Zwischenzeit selber fliege. Ich habe jetzt auch eine Lederkappe auf, aber Andreas sagt, das ist die falsche. Es hängen Drähte heraus, die sich in einem Strang bündeln. Der Strang ist dick wie ein Starkstromkabel und verläuft durch die Senke, in der wir gefahren sind. Andreas schaut bestürzt, dreht sich um und kneift die Augen zusammen, prüft die Umgebung, die Sträucher. «Du musst das schnell loswerden, Kind», sagt er. «Sie versuchen, an dich heranzukommen.»

Sogenannte Alleingänger verweigerten sich nicht nur der Gemeinschaft in der Einwelt, sondern auch dem öffentlichen Erzählen und Speichern ihrer Existenz. Sie hatten etwas dagegen, dass ihre geographischen Bewegungsmuster aufgezeichnet wurden und die von ihnen bevorzugten Orte digitale Zwillinge in der Einwelt erhielten. Sie misstrauten der Reproduktion ebenso wie der Vorstellung, dass ihre Erinnerungen und Gedanken nicht mehr ihnen allein gehören würden. Sie fürchteten, dass die Einwelt, sobald sie einmal vollendet wäre, das umfassendste Herrschaftsinstrument sein könnte, das es jemals gegeben hatte. Wer die Technologie der Einwelt kontrollieren könnte, hätte Kontrolle über jeden einzelnen vernetzten Menschen.

Sie löschten alle von ihnen vorhandenen Daten und Profile und zogen sich zurück. Einige der auf diese Weise Entmondialisierten gründeten schon kurz nach Beginn der Liebseligkeit analoge Gemeinschaften abseits der dicht besiedelten Gebiete, in denen sie sich selbst versorgten und sogar auf digitale Informationsübermittlung und E-Medizin verzichteten. Sie leugneten nicht die technologische Überlegenheit der Einwelt, aber sie lehnten sie als hauptsächliche Aufenthaltszone ab, aus unterschiedlichen Gründen.

Der Weisheitsspeicher wurde in dieser Phase verstärkt dazu eingesetzt, den nicht rationalen Teil des menschlichen Empfindens computergestützt zu erforschen. Es hatte sich herausgestellt, dass die wirkliche Leerstelle bei der Entwicklung eines sicheren digitalen Lebensraums nicht die fehlende neurologische und mikrobiologische Technologie war. Was fehlte, war die Kenntnis der inneren Bauart des Menschen und somit davon, was für ein Individuum jeweils Glück bedeutete. Dies zu erforschen war wichtig, denn nur eine wirksame Glücksstimulation konnte erreichen, dass die digitale der analogen Lebensform vorgezogen oder zumindest beide als gleichrangig angesehen würden. Und nur mit der Bereitschaft, die meiste Zeit des Lebens in der Einwelt zu verbringen, ließen sich dort wiederum Strukturen aufrechterhalten, die denen der materiellen Welt spiegelbildlich entsprachen.

Die Brain-Computer-Schnittstellen nahmen zur gleichen Zeit einen starken Entwicklungsschub. Sie sollten für die Forschungen am Glücksempfinden eingesetzt und ihre Erkenntnisse in einem zentralen Server gespeichert werden. Damit wurde es immer wichtiger, Probanden zu finden, die sich dem Life Recording unterzogen. Das Ausgelesene der Inneren Dateien war in gewisser Weise das Korrektiv – der Abgleich mit den Wohlgefühl-Theorien aus den herkömmlich gewonnenen Daten.

In dieser Übergangszeit bildete sich in der Öffentlichkeit die Ansicht heraus, dass die finale Transition in den Weisheitsspeicher eine für die Gemeinschaft wertvolle Entwicklung war und dass eine Person, die sich auslesen ließ und ihrem Leben so ein Ende setzte, altruistisch und tugendhaft handelte. Es ist nicht ganz klar, ob die TERR bei diesem Meinungsbildungsprozess bereits mit den Ergebnissen der Willensforschung arbeitete. Sicher aber wandte sie die seit Jahrzehnten bekannten Möglichkeiten an, Zweifler durch die Auswertung ihrer Social-Media-Daten zu lokalisieren und zu beeinflussen.

Wer sich freiwillig auslesen ließ, genoss dadurch große Hochachtung, unabhängig davon, wie er zuvor gelebt hatte. Angehörige von Ausgelesenen bekamen eine lebenslange Rente, mit der sie sich in der Einwelt komfortabel versorgen und angenehm bewegen konnten. Dasselbe galt für Familien, deren sterbende Angehörige zuletzt noch der Transition zustimmten.

Den Entwicklern der TERR wurde indessen immer mehr bewusst, dass eine vollständige Transition mit den bisherigen Methoden nicht gelingen würde. Die Forschungen über die Strukturen, die zu innerer Anteilnahme oder Ablehnung führten, erbrachten zunächst nur, wie wenig man darüber wusste. Besonders deutlich zeigte sich das anhand der Erlebnis-Files. Die meisten Nutzer, die man Besucher nannte, zeigten nach ihrem ersten Einloggen in den Erlebnisteil des Weisheitsspeichers eine Art Suchtverhalten. Das Eintauchen in die Inneren Dateien übte enormen Reiz aus. Die Wildheit dieses Erlebnisses war eines der wenigen, wenn nicht vielleicht das einzige Abenteuer, das nur in der Einwelt zu bekommen war. Das für die TERR Entscheidende war aber, dass die Besucher auf die gleichen Files höchst unterschiedlich reagierten, selbst wenn sich darin eindeutig schöne oder schreckliche Erlebnisse befanden. Völlig unerklärlich blieb außerdem oft, warum eine Person auf ein nach ihren Bedürfnissen errechnetes Angebot mit starker Ablehnung reagierte, während eine andere, ähnlich sozialisierte, glücklich ja sagte.

Solange man die Grundvoraussetzungen für solche Abweichungen nicht kannte, war es fast aussichtslos, die gegenständliche Welt spiegelbildlich nachzuformen und sie auf diese Weise durch die Einwelt zu ersetzen. Doch es würde eine Blütezeit beginnen, das war die Erwartung, falls es der Einwelt gelingen könnte, Sehnsüchte zu erfüllen und Sicherheit zu geben. Also begann TERR, Sehnsüchte und Ängste mit Hilfe der Inneren Dateien zu erforschen. Sie überließ den Lernprozess dabei intelligenten Maschinen, die mit den Codes menschlicher Erinnerungen und den damit verbundenen Gefühlen gefüttert wurden, um Muster zu erkennen.

Während es zwar teuer, aber doch relativ beherrschbar war, die Rechenzentren dafür zu bauen, stellte sich als zentrales Problem die Frage, woher die Daten kommen sollten, von denen die Maschinen lernen würden. Und was sie lernen würden. Ein anderes Problem blieb bei allen Fortschritten die labile Akzeptanz der Einwelt. Solange es Alleingänger und Kolonisten gab, bestand immer die Gefahr, dass sie Teile der Bevölkerung auf ihre Seite zogen. Aus diesem Grund spezialisierte sich ein TERR-Team auf ein neues Ziel. Das vorrangige Erkenntnisinteresse galt der Frage, welche Persönlichkeitsstruk-

turen besonders zu Vorbehalten gegen den Weisheitsspeicher neigten. Wie man das Projekt entsprechend anpassen könne. Oder welche bevölkerungspolitischen Maßnahmen zu ergreifen seien. Mit anderen Worten wurde TERR bewusst, dass das für sie wertvollste Material nicht aus den Inneren Dateien ihrer Unterstützer, sondern aus denen ihrer Kritiker kam. Von da an änderte sich alles.

Den Alleingängern und ihren Inneren Dateien galt von diesem Zeitpunkt an das besondere Interesse des Weisheitsprojekts. Man entwickelte eine spezielle Methode, sie ausfindig und über eine Kodierung für Smart Sicherheit Software wiedererkennbar zu machen. Es funktionierte nach einem einfachen Prinzip: Wenn die Gesichtsortung im öffentlichen Raum eine Person erfasste, scannte sie die digitalen Dienste automatisch auf Aktivitäten dieser Person. Falls sich nichts fand, war die Wahrscheinlichkeit groß, dass man einen Alleingänger vor sich hatte. Diese Personen wurden als «gefunden» markiert und ihre Bewegungsprofile gespeichert. Analoge Kolonien ließ die Digitale Demokratie anfangs zu, zensierte aber die Kommunikation über sie. Als sich diese Haltung änderte, wurden die Kolonien aufgelöst und die Bewohner zwangsweise ausgelesen.

Die Biopersonen, die beim Prozess des Life Recordings und auch bei den nach einer gewissen Weile öffentlich in einem festlichen Ritual abgehaltenen Zwangsauslesungs-Prozessen eine dienende Rolle einnehmen, sind die Nachfahren der ersten großen Versklavungswelle lange vor Gründung des Weisheitsspeichers. Damals waren die aus dem zwanzigsten Jahrhundert stammenden Demokratien während der Frühglobalisierung zunächst von den großen Konzernen de facto entmachtet worden und hatten in der Folge den gesellschaftlichen Rückhalt verloren. Sie wurden in fast allen europäischen Ländern abgewählt und durch autokratische Regierungen ersetzt, die versprachen, die Abhängigkeit von den Digitalkonzernen zu beenden und aus den internationalen Bündnissen der alten politischen Ordnung auszutreten.

Die Autokraten Europas schlossen trotz ihrer völlig unterschiedlichen Interessenslagen das Bündnis der sogenannten Liberalen Demokratien. Um eine eigene nationale und entglobalisierte Wirtschaftsleistung zu erzielen, legte dieses Bündnis einen Plan auf, den es zum Förderprogramm für Familien erklärte. Dabei willigten etwa 800 000 Familien ein, gegen komfortable Vergünstigungen eines ihrer Kinder in eine Ausbildungsstelle des Bündnisses abzugeben, wo sie auf ihren künftigen unentgeltlichen Einsatz in einem national wichtigen Unternehmen vorbereitet wurden.

Als das Bündnis wenige Jahre später zusammenbrach, verstärkte sich stattdessen die Macht der Digitalkonzerne. Europa trat nach einer kurzen Phase des Widerstands per Volksabstimmung dem Gesellschaftsvertrag der globalen Digitalen Demokratie bei. In der Folge erkannte man die Versklavungswelle als Verbrechen an; ehemalige Arbeitskinder wurden entschädigt und *erhielten Landparzellen. Viele von ihnen blieben jedoch der Öffentlichkeit fern und wandten sich der aus den 2020er Jahren stammenden Faust-Bewegung zu, einer vom Buddhismus beeinflussten Mischlehre aus ökologischer Landwirtschaft und virtueller Gestaltung. Sie erhielten jetzt Aufträge von den Konzernen der Digitalen Demokratie zugeteilt. Die meisten blieben weiter als Gruppe unter sich, und ihre Nachkommen wurden Sonderlinge oder Design-Entwickler für die Digitale Demokratie. Über mehrere Jahrzehnte spezialisierten sie sich darauf, bei den Menschen durch Schönheitsmuster Wohlgefühle hervorzurufen, ein Verfahren, das unter anderem zur Erfindung der Schönzeit führte. Später passte die von ihnen angesammelte Erfahrung exakt zum Forschungsinteresse von TERR. Die Biopersonen bekamen unbegrenzten Zugang zu den Erinnerungsdateien des Weisheitsspeichers. Die dort als angenehm empfundenen Erlebnisse suchten sie auf Landschaftsmuster ab und erstellten Kataloge. So ergab sich ein Repertoire von Formen und Lichtstimmungen. Diese kombinierten sie mit den Erfahrungen der veralteten Schönzeit und steigerten sie mit dem Wissen aus der Kunstpsychologie. Das Ergebnis erwies sich schon in den ersten Tests als erstaunlich effektiv bei der Lenkung von Emotionen.*

Das Zwangsauslesen von Alleingängern und Kolonisten begann, als der Zustimmungswert für die Transitionen bei über achtzig Prozent lag. Die Gesellschafter der TERR hatten dem Rat der Digitalen Demokratie die Pläne zur Genehmigung vorgelegt. Da die Gesellschaft sich inzwischen fast ausschließlich digital organisierte, wurden die Alleingänger und Analogen als Bedrohung wahrgenommen; das Auslesen erhob TERR – in einer nach medizinischen und humanitären Standards ausgerichteten Prozedur – zu einem Akt der öffentlichen Reinigung.

Im Life Recording sahen manche Alleingänger aber auch von sich aus die letzte heroische Möglichkeit, ihre Lebensform gegen die Reproduktionen der Einwelt zu verteidigen.

Sie glaubten, dass sie auf diese Weise Erinnerungen an die Ideen und Ideale der vor-digitalen Zeit in den Weisheitsspeicher und damit die Zukunft tragen könnten. Vor allem die Erfahrung, dass sich aus dem überaus fehlerhaften System, das unsere Natur ist, eine funktionierende, selbstverwaltende Kraft bilden kann, war ihnen wichtig. Dass ein Gemeinwesen aus eigenem Denken entstehen kann und ohne Meinungslenkung durch die Programme, die das Beste für die Gesellschaft zuvor errechnet und auf ethische Konflikte hin kontrolliert hatten. Aber auch Erinnerungen an Gefühle wie Scham oder Angst wollten sie bewahren, die durch das große Verbesserungsprojekt abgeschafft worden waren. Sie dachten wirklich, es gebe die Chance, auf diese Weise einen Widerstand in die Zukunft zu tragen, sie glaubten an einen verborgenen anarchischen Keim in ihrem Bewusstsein.

Damals entschieden sich aus diesem Grund einige Alleingänger zur freiwilligen Transition. Ebenso die Religiösen und die Seidensticker und die Pflanzer.

Sie hatten wenig Hoffnung, dass irgendein lebender Mensch sich jemals in der Zukunft dafür interessieren würde, was ihre Sichtweise auf die Welt gewesen war, die Gründe für ihre Absonderung oder die Hingabe an etwas, das sie als größer empfanden als nur den Moment, in dem sie es erlebten. Aber es war ihnen eine Beruhigung, dass diese Dinge eines Tages wieder auffindbar wären, wenn die Zeiten sich änderten, von wem auch immer. Vielleicht von Archäologen, die nicht in der Erde suchten, sondern in Daten. Und dass sie dann vielleicht Spuren von Vergessenem finden würden – wie Klaviere, unnützes Warten, die Zweite Elektrische Laufspur oder drehsame Winter.

Ich denke aber nicht, dass es funktionieren wird. Ich glaube vielmehr, dass der Weisheitsspeicher den anarchischen Keim wie Nahrung verarbeitet, um das Programm weiterzubringen, um es zu vervollkommnen.

ICH HÄTTE MEHR arbeiten können, mehr aus der analogen Welt hinterlassen, diese getrockneten Bögen aus Papier mit ihrem Abbild dessen, was war und was nur noch in mir existiert. Das erscheint mir heute wie eine peinliche Laxheit. Aber soll ich es etwa bereuen? Ich war glücklich. Wir lungerten ganze Tage herum, jedes Jahr andere Leute, die sich bei anderen Leuten auf dem Sofa bei einer Party kennengelernt hatten und diese Sorte Verknalltheit füreinander entwickelten, die einen ein paar Monate lang unzertrennlich macht. Wir gingen abends müde aus, wurden während der Nacht beim Reden langsam wach und waren bei Sonnenaufgang, wenn die erste Straßenbahn fuhr, immer noch auf den Brücken. Ich fand damals, es gebe keine falsche Tageszeit, um auf der Straße zu sein.

Ich wollte etwas anderes als das, was Elisabeth für mich gewollt hatte, und als ich eigenes Geld verdiente, tat ich das auch. Mein Auszug von zu Hause lief so ruhig ab, dass Elisabeth vielleicht deshalb vergaß, ihn zu hintertreiben, was sie hätte tun können, denn ich war noch nicht volljährig. Sie hat ihn erst richtig bemerkt, als ich das Zimmer, in dem ich die ganzen unnützen Jahre zugebracht hatte, weiß gestrichen und mit offener Tür hinterließ.

Es ist nicht ausgeschlossen, dass die Summe der Wahrnehmung auf eine immer unveränderliche Reizmenge hinausläuft. Dass, wenn ein Sinnesorgan weniger, dafür ein anderes umso stärker aufnimmt. In der Dunkelkammer waren alle Gerüche intensiver. Und mehr noch in Erinnerung als die Handgriffe, die im diffusen Rotlicht zu üben waren – das tastende Herausholen des lichtempfindlichen Papiers und das Einlegen in den aufklappbaren Rahmen unter dem Vergrößerer, bei dem es unbedingt zwischen die zangenartigen kleinen Greifer geschoben werden musste, oder das komplette Dunkelheit erfordernde Aufdrehen von Negativstreifen in die Spulen der Entwicklerbox – mehr noch als das alles sind mir die Düfte von Weichspülern aus der Kleidung der anderen Lehrlinge in Erinnerung und der ölige, in faules Ei umschlagende Geruch eines schon länger benutzten Entwicklerbads. Ich mochte die Exaktheit an Sekunden, die Sorgfalt bei Gramm und Millilitern, die in dieser Dunkelheit walten musste, und die Stille dabei. Zu Hause ließ sich außerdem das Zimmer mit Bad, das ich bewohnte, sehr einfach abdunkeln. Ich borgte oder kaufte mir gebraucht das Nötigste und tauchte nächtelang in meine Arbeit und meine Bilder ab. Meine Herrlichkeit roch streng, sie war auch nicht so schön.

Fiona hatte ihre eigene Theorie dazu. Sie hätte wahrscheinlich gesagt: Die Herrlichkeit kann sich nur an einem Ort ereignen, der *halbwegs* dafür geeignet und gemacht ist. Es müssen ausreichend Bücher und Kataloge vorhanden sein. Benötigt wird auch Platz, um Dinge darauf abzulegen. Wichtig ist, dass derjenige, der sich der Herrlichkeit aussetzt, angemessen gekleidet ist. Eine dünne Person kann sich ganz in Schwarz gewanden, sodass sie herumspringt wie ein eleganter Schatten. Weniger magere werden vielleicht einen Hausmantel aus warmem, aber leichtem Material anlegen, der beim Wirbeln die Bewegung fließend veranschaulicht. Jeans und T-Shirt wird für männliche Herrlichkeitssucher unter dreißig empfohlen. Das Licht ist eine Sache, die ebenso Sorgfalt verlangt. Es sollte hell genug zum Arbeiten sein, denn die Herrlichkeit läuft darauf hinaus, dass es einen drängt, nein, zwingt, etwas entstehen zu lassen. Aber weich genug, um den Anforderungen an eine gute Szene zu entsprechen. Seide ist nicht unbedingt notwendig, aber ein Material, das die Herrlichkeit fördert. Am wichtigsten aber ist die Kenntnis, dass sich die Herrlichkeit fast ausschließlich nachts einstellt.

Das war der Unterschied zwischen uns. Ihre Nacht war erhellt. Meine war dunkel und von einem roten Höllenglühen beleuchtet. Jetzt bin ich von alldem weiter weg als jemals zuvor. Man erinnert sich jetzt mit Hilfe der Stimulation, man erinnert sich mit dem Monomore sogar an die Gedanken von anderen. Damals war alles, was ich aufnahm, analoge Realität. Um sie für die Erinnerung zu konservieren, war zwar ein spezieller Stoff nötig – die dem Licht ausgesetzte Schicht auf dem Negativ und danach das Fotopapier, auf das wiederum lichtempfindliche Chemie aufgebracht war. Nennen wir das die Erinnerungsschicht. Nehmen wir an, es ist eine Außenstelle dessen, was wir sonst nur in unseren Erinnerungen besitzen – die Erinnerungen, auf die es jetzt alle abgesehen haben. Aber damals in der Fotografie geschah die Übertragung in diese Erinnerungsschicht ohne die Aufspaltung des Anblicks in einen Code aus Null und Eins. Die Konservierung, das Festhalten, die Ewigkeit, wenn man so will, geschah also ohne den Vorgang, den man vielleicht die Zerstörung der Wirklichkeit nennen kann, auf die ihr kompletter Neubau in der Reproduktion folgt.

Die fotografische Erinnerungsschicht in der analogen Schaffenszeit war versiegelt, von zwei Seiten zwischen einer Schutzschicht und Plastik. Oder aufwendiger mit Baryt, also Bariumsulfat, das im Resultat schönere Schwärzen als Plastik zulässt, zumindest schien es mir jedes Mal so. Ich liebte diese deutlich gezeichneten, glänzenden Dunkelheiten, sie kamen dem näher, was ich erforschen wollte, Nuancen der Schatten, Abstufungen in sonnenlosen Zonen.

Es gab aber stets, das war die Voraussetzung für mein Interesse, einen verlässlichen Zusammenhang zwischen Bild und Erinnerung, zwischen, sagen wir, der ummauerten Insel an der Flussbrücke, auf der die Kiffer wohnten und wo wir in warmen Nächten unseren Wein tranken, und meiner fotografischen Wiedergabe dieser Nächte. Es gab noch keine digital generierten Simulationen im öffentlichen Raum. Diese Erfindung, die bewirkte, dass Müll, Kiffer und bevölkerungspolitisch Unerwünschte verschwanden, selbst wenn sie sich direkt vor einem befanden: das Angebot der Schönzeit – beworben mit kleinen, auf Blechschilder gemalten Symbolen, die darauf hinwiesen, dass man sich in einer Projektionszone befand. Die Schönzeit war eigentlich nur ein Versuch. Eine Vorform der viel vollkommeneren Sinnessteuerung. Aber die Verführungskraft war dieselbe. In solchen Stadtbereichen mit Schönzeit-Komfort konnte man gegen Kontoabbuchung und unter Voraussetzung einer implantierten Schnittstelle die eigenen Wunschphantasien real werden lassen. Selbst relativ banale technische Anforderungen wie die Illusion eines Regenschauers erzeugten intensive Erfahrungen bei den Wünschenden. Als ich zum ersten Mal davon hörte, dachte ich: Eines Tages werde ich diese Maschine benutzen, um Fiona zu suchen. Um Fiona wiederzusehen.

WENN ICH an meine Schwester denke, verlaufe ich mich jedes Mal in ihrem Rätsel. Was ich sagen wollte: Die Leute kamen damals ins Geschäft, um besondere Anlässe dokumentieren zu lassen. Hochzeit, Einschulung, Firmengründung. Heute verschickt man Files, die alle dabei sein lassen bei einem Ereignis, aber das waren altmodische Beglaubigungsbilder absolvierter Lebensstationen, eine Form, die noch aus den Anfangsjahren der Fotografie stammte und mehr der Porträtmalerei glich. Es war praktisch ein amtlicher Akt. Das war auch der Grund, weshalb man diese Art Bilder nicht wie Ferienfotos einfach mit dem eigenen Fotoapparat machen konnte. Ich führte die Kunden eine Wendeltreppe hinunter in den Keller, in dem sich das Studio befand. Der Trick bestand darin, die Leute schon zu fotografieren, wenn sie dachten, man prüfe noch die Einstellungen der Kamera. Gestellte Bilder zeigen immer mehr als das, was die Leute preisgeben wollen. Das, was verheimlicht wird, macht ihren dokumentarischen Wert aus.

Mit dem Lächeln hatte ich Schwierigkeiten. Jedes Mal fragte ich mich, ob es in diesem besonderen Fall falsch oder richtig wäre, die Person vor meiner Kamera zum Lächeln zu ermuntern. Meistens fand ich es falsch und ließ es. Ich sprach mit Fiona darüber, und das Ergebnis war, dass wir auf unserem Weg durch die Straße an diesem Tag nachzählten, wie viele der Menschen, die dort liefen, eigentlich lächelten. Es waren wenige. Fiona hatte zwei Teenager, die sich mit Lippenstift im Taschenspiegel anschauten, und ich eine Dame, deren Hund sich auf den Rücken legte und hin und her rollte. Wir rätselten über das Gemeinsame der beiden Bilder.

Selbstverständlich verlangten die meisten Kunden Farbfotografien, ich aber bevorzugte Schwarzweiß. Ich hatte kurz hintereinander im Kino «Nola Darling» von Spike Lee und «Down by Law» von Jim Jarmusch gesehen, selbst Jeff Wall rückte manchmal von der Farbe ab. Ich fühlte sogar in Schwarzweiß, glaubte ich, in körnigen Unschärfen, die mir extrem direkt und gleichzeitig entrückt vorkamen. Es drückte etwas Rohes, noch nicht Fertiges aus.

Auf einmal deprimierte es mich, diese Familien zu fotografieren, und Fiona holte mich, als sie jemanden brauchten, in die Organisation des Filmfestivals, bei dem sie angefangen hatte. Es war Saisonarbeit, und in den Pausen dazwischen begann ich, weil Fiona mich ermunterte, Dialoge und Drehbücher zu schreiben. Geld verdiente man am besten mit den unspektakulären Jobs, bei denen man nur einer von vielen Autoren war. Die ersten waren furchtbar, aber mit der Zeit wurde es besser. Ein paar Mal arbeiteten wir auch zusammen, und als sie dann für das Fernsehen lieferte, schrieben wir regelmäßig gemeinsam in ihrer Wohnung. Meine erste Hauptfigur war ein absurder amerikanischer Detektiv mit russischem Akzent, der die entscheidende Idee zur Lösung seiner Fälle immer dann hat, wenn er sich in seinem Büro nachts mit seinem Goldfisch unterhält. Ich hatte bei Hammett gelesen, dass Sam Spade Corned Beef auf sein Leberwurstbrot legt. Mein Detektiv war sozusagen die tierliebe Variante. Ich mochte ihn. Ich zog in eine Zweizimmerwohnung am billigeren Ufer der Isar, aß meistens bei «Cäsars Vitamin-Reich» zu Mittag und setzte mich abends bei schönem Wetter an den Fluss.

Endlich war ich allein. Nicht nur wie früher während der Nachmittage und Abende des Herumstreunens. Ich war in einer Stille angekommen, die ich für das Zeichen von Erwachsensein hielt. Irgendwo darin musste sich der Raum verbergen, den Fiona in ihren weißen, taghellen Nächten betrat.

Nein, es besteht kein Zweifel, Fiona wusste als Erste von uns über die Herrlichkeit Bescheid. Sie bewohnte die Einsamkeit der Nächte. Ihrer Nächte. Als ich sie später in den Wochen besuchte, in denen sie ihren ersten Fernsehfilm schrieb, behauste sie diese Nächte sogar auf eine Weise, die ich beängstigend gefunden hätte, wenn ich solche Dinge nicht von Fiona gewöhnt gewesen wäre. Es ging mehrere Tage so. Wenn sie schließlich eines Morgens mit zerrauften fettigen Haaren aus ihrem Zimmer trat und ohne Umweg zum Badezimmer ging, musste sie erst ihre Stimme wiederfinden. Der Ton kam dann krächzend und kieksend zugleich, hoch und rau: «Fertig», sagte Fiona zufrieden.

Ich wollte das lernen, genau dieses Alleinsein. Aber es fiel mir nicht leicht. Sosehr mich Elisabeths Launen gequält hatten, auf einmal fühlte ich mich ohne sie schutzlos. Immer hatte ich mir früher in meinem Zimmer mühelos eine Phantasiewelt hergeholt, wenn Elisabeth und Fiona unten im Haus laut stritten, ich baute um mich herum eine Wand, durch die niemand kam. Ich brummte, wenn ich Spielzeugautos fahren ließ, und kämpfte mit dem Plastikschwert gegen die Dinosaurier, von denen Andreas erzählt hatte und die ich in meinem Zimmer deutlich vor mir sah. Aber jetzt, in meinem erwachsenen Alleinsein, zappelte ich plötzlich. Schließlich waren Fiona und ich erzogen von einer eifersüchtigen Mutter, die Freiheitsgelüste unter Strafe stellte, die erzählte, dass wir ins Verderben geraten würden, wenn wir loszögen und unserer Neugier vertrauten, wenn wir nicht den Komfort annähmen, den die schon vorgewärmte und mit gehäkelten Kissen ausgelegte Existenz bot, die uns zugedacht war, sondern das Weite suchten. Fiona hat das nie beeindruckt, und ich war klein, dick und wollte gar nicht weg. Aber sie hängten sich fest, diese vergifteten Prophezeiungen.

«Es ist nur die Sorge um dich, Kind», sagte Elisabeth.

Nicht wahr?

Wenn man es in Ruhe betrachtet, im Sitzen und mit dem fremden schwarzen Blick der Amseln, die mich im Garten anschauen: Was ist das Alleinsein einer Frau? Aufmarschgebiet für Dämonen. Und doch die reinste Herrlichkeit.

Das waren die Jahre, in denen ich nachts das Licht anließ, immer wieder benommen aus dem Schlaf sprang und angestrengt horchte, wann jemand käme, um mich zu ermorden. Morgens aber hielt ich den Kopf unter kaltes Wasser und lachte mich aus. Machte mich an die Arbeit. Tat, was ich wollte. Pah.

Präziser also: Mein Alleinsein ist so. Eine den Dämonen abgetrotzte Herrlichkeit. War es schon immer. Bei einer gewissen Luftfeuchtigkeit konnte ich in der Dämmerung die Verwandlung spüren und dass der Tag leicht werden würde und frei. Früher in der Stadt war ein Indiz dafür der Südwind, der schon in der Nacht das helle Geräusch vom Fluss herauf in meine Wohnung brachte.

An so einem Tag sah ich Hans das erste Mal. Im folgenden Sommer begegnete ich ihm dann überall. Beim Getränkemarkt, an der Straßenbahnhaltestelle, und wenn ich abends losging, um irgendwo ein Glas zu trinken, sah ich ihn heimkommen. Er hatte kurze dunkelblonde Haare und eine Nase, die aussah, als wäre sie einmal gebrochen, er war dünn, aber hatte etwas Spöttisches, das an manchen Tagen gefährlich wirken konnte. Anfangs hatte ich tatsächlich etwas Angst vor ihm, aber als wir uns immer wieder über den Weg liefen, bekam es etwas Zwangsläufiges, dass wir uns wiedererkannten, nach und nach zunickten, und dann blieb er einmal vor mir stehen und stellte fest: «Du wohnst auch hier.»

Keine besonders schlaue Bemerkung, dachte ich, denn das war ja klar. Trotzdem bewunderte ich seine Entschlossenheit, aus unserem Hinschauen, Wegschauen und kurz zum Nicken wieder Hinschauen, wenn wir uns auf der Straße entgegenkamen, etwas Präziseres zu machen. Er ist viel zu schön für mich, dachte ich.

«Ja. Da drüben», sagte ich und machte eine vage Bewegung. «Und du?»
«Hier drin», sagte er und lehnte sich gegen eine verschlossene Toreinfahrt. «Willst du es sehen?» Er schaute jetzt nicht spöttisch, sondern neugierig, als ob er prüfen wollte, wie ich reagierte. Ihm war klar, dass sein direktes Angebot, mitzukommen, mich erschrecken könnte, was es tatsächlich tat. Höllisch sogar. Gleichzeitig hatte er seine Frage so leichthin gestellt, dass sie mit keiner Erwartung verbunden war, fand ich. Er zog einen Schlüssel heraus und sperrte eine kleine Tür auf, durch die man den Hauseingang betreten konnte, ohne das ganze Tor zu öffnen. Er hielt die Tür auf, sodass ich hineinsehen konnte. Da war ein Durchgang und an dessen Ende ein heller Hinterhof mit einem winzigen, eingeschossigen Haus in der Mitte. Das ist es, sagte er und ging feierlich voran. Ich folgte ihm. Im Hinterhof standen Tonnen und eine kleine Linde. Sein Haus konnte aus kaum mehr als zwei Zimmern bestehen. Wieder schloss er eine Tür auf, ließ sie offen stehen und ging hinein. Wieder folgte ich ihm. Es sah anders aus, als ich es erwartet hatte, denn es gab keine Zimmer, sondern alles bestand abgesehen vom Bad nur aus einem einzigen großen Raum, der nach drei Seiten hin Fenster hatte. Da war ein kleiner Esstisch und eine alte Küchenzeile mit Resopal, unter dem hinteren Fenster stand ein

Einzelbett aus Kirschbaumholz, und es roch nach etwas, das ich nicht kannte. Der Geruch war leicht bitter, sauber und nicht unangenehm. Er kam aus vier großen Kübeln in der Mitte des Raums, die unter einem großen, auf zwei Böcken gelagerten Zeichentisch standen. «Wie findest du es?», fragte er und reichte mir eine Limo aus dem Kühlschrank. «Ich heiße Hans.»

Es war mir nicht klar, was er sich von unserer Bekanntschaft erhoffte, denn er steckte, wie er bald erzählt hatte, gerade in einem teuflischen Prozess, der ihn ganz in Anspruch nahm. Es war sein zweites Jahr an der Kunstakademie. Der Leim, den ich in den Kübeln in seinem Haus gesehen hatte, war damals sein Werkstoff, er rührte ihn mit weißer Farbe vermischt so dicht an, dass er, wenn man ihn über eine Kante goss, mit einem schmatzenden Geräusch als weiße Fläche herunterlief, und er ließ ihn von hoch oben wie einen Vorhang fallen. Mittels einer kleinen Pumpe, die den Leim aus dem Auffangbecken wieder nach oben holte, sollte die weiße Wand in einem ständigen Fallen bleiben, das war das Ziel.

Wir verabredeten uns nie, sondern warteten, bis wir uns zufällig wiedertrafen. Wenn er mich abends am Fluss sah, setzte er sich zu mir, fragte, wenn er ein Bier dabeihatte, ob ich einen Schluck wollte. Zu meinem Erstaunen fand ich es nicht ekelhaft, aus seiner Flasche zu trinken. Wir stellten fest, dass wir in derselben Stadt aufgewachsen waren und nachts schwarz gekleidet an denselben Tanzflächen gestanden, uns aber wegen des Altersunterschieds von sechs Jahren dort verpasst hatten.

BESONDERS WENN ES REGNET, verlege ich leicht den Gedanken hinter einem Baum, dass es eine Welt gibt, deren Teil ich war. Aber dann: Das Telefon schellt, die Hausfrau wischt sich die Hände eilig an der Schürze ab und nimmt den Hörer von dem schwarzen Apparat an der Wand. Flackern der abgenutzten Filmkopie am Bildrand. Hallo? Wer spricht da?

Der Produzent telefonierte immer vormittags im Büro. Mir ist er sofort vor Augen, wie er an seinem Stehpult arbeitet und seine Macke mit dem Mineralwasser, es steht überall bei ihm im Zimmer, man kann sich nie mit ihm treffen, ohne dass er eine Flasche Wasser austrinkt. Das hält er für gesund. Wir kennen uns so lange, dass ich nicht mehr weiß, wo wir uns zum ersten Mal begegnet sind. Er hat immer rosige Hände, ist gut darin, Vertrauen zu gewinnen, und kann eine Menge Alkohol vertragen, vielleicht wegen des vielen Wassers. Wir duzen uns, aber nennen uns beim Nachnamen, allerdings in verballhornter Form, so als wären wir zusammen in der Schule gewesen. Er sagt Ebnik, ich nenne ihn Fribo. Ich finde das albern, aber zugleich schon auch einzigartig. Manchmal dauert es ein Jahr, manchmal drei Monate, aber er ruft mich immer wieder an, weil er an Fiona hängt und sie ihn abblitzen lässt. Ich habe Arbeit, weil ich sein Zugang zu ihr bin. Er produziert für eine neue direktzerebrale Filmplattform, er braucht Material.

«Du», sage ich und wundere mich, dass ich das tatsächlich vorschlage – «es gibt einen Stoff, der dir vielleicht gefallen könnte. Eher eine Schauergeschichte.» Er lacht. Es klingt interessiert. Furcht ist ein gefragtes Nutzer-Erlebnis, das lässt sich nicht leugnen. Er bestellt ein Exposé. Ich träufle Schwärze unter das direktzerebrale Publikum, denke ich, und der Gedanke gefällt mir. In der nächsten Nacht schicke ich Hans nach Hause und fange an.

Es ist Jahre her, dass mir jemand von dieser Sache erzählt hat. Ich bin keineswegs sicher, was mich mehr in den Bann schlug, die tatsächlichen Ereignisse selbst oder das, was sie als Echo in meinem Inneren hinterließen. Ausgangspunkt war, dass ein süddeutscher See mit einem bemannten Mini-U-Boot erforscht wurde. Der See ist ungewöhnlich tief, das U-Boot ist genau für diese Tiefe gebaut. Zwei Wissenschaftler tauchen in der Maschine ab, und als sie Stunden später wieder hochkommen, sind ihre Gesichter verzerrt. Auf dem Seegrund, angeleuchtet von ihren Scheinwerfern, haben sie viele Tote gesehen. Ab einer gewissen Tiefe tauchen die Ertrunkenen im Wasser nicht mehr auf, sie sinken auf den Grund, kommen mit den Füßen auf und sacken durch das eigene Gewicht in eine Art Hocke. An bestimmten Stellen gab es ganze Landschaften hockender Leichen auf dem Seegrund. Die Maschine nahm alle vorgesehenen Proben und Messungen vor, während sich die beiden Männer, in ihrem Hightech-Fahrzeug ebenso hockend wie die Toten, bewusst wurden, dass sie die Einzigen hier waren, die je wieder auftauchen würden. Vielleicht kämpften sie mit Beklemmung, ja Panik. Aber Panik ist keine wissenschaftliche Kategorie, und ein Toter ist nichts anderes als der Stoff, aus dem er besteht.

Aber gibt es nicht Nächte, in denen sie ein Auge öffnen, dann das zweite, die Füße bewegen, die Knie durchdrücken und auf dem Boden zu laufen beginnen, bis sie den Rand des Sees erreichen, langsam höher steigen und an Land sind? Nächte, in denen sie in die Häuser am Ufer schauen, in viele davon, bis sie sich einen Menschen gewählt haben, den sie, wenn alle Lichter erloschen sind, holen werden und mit sich nehmen auf den Boden des Sees? Langsam werden es mehr Nächte und mehr Menschen, die aus den Häusern verschwinden mit einer Schleifspur ins Wasser hinein.

Ich tauche hinunter in den See. Ich sehe sie dort sitzen, mit neu gewachsenen dunklen Augen wie Amseln, und die Geraubten, tot und hingekauert, einige noch nicht mit Schlamm überzogen, hinter ihnen eine graue Masse kleiner zusammengesackter Menschenhügel.

Ich sehe mich selber da unten sitzen oder jedenfalls jemanden, der mir auf eine Weise ähnlichsieht, dass ich etwas wiedererkenne. Das Wesen, das ich vielleicht bin oder vielleicht nicht, sitzt auf einem Seegrund voller silbriger Kästen. Ich wache vom Zucken meines Gesichts auf bei dem Versuch zu schreien, die Arbeitslampe brennt, der Laptop hat in den Ruhemodus geschaltet und zeigt mir als Slide-Show Fotos, die ich selbst aufgenommen habe: einen Chinesen mit einer Plastikschürze, eine Schafherde, einen Mann, der aussieht wie Konrad. Ich bin nicht mehr in der Nacht, in der ich angefangen habe zu arbeiten, ich bin nicht mehr in der Zeit, in der ich «Seewesen» schrieb. Ich bin in dem Haus und taste nach dem Gewehr.

Ich weiß nicht, wie der Tod, wie die körperliche Vernichtung aussehen wird. Die Seele trennt sich vom Körper, dachten wir, als wir Kinder waren. Es bleibt ein gelber Mensch, der aus einer spitz gewordenen Nase nicht mehr atmet. Und jetzt denke ich, dass sie aus dem lebendigen Menschen das Bewusstsein herausziehen, damit man es für alle aktivieren kann. Wir existieren dann in einer Kultur der Halbtoten. Keiner, der uns verlassen hat, wird jemals ruhen. Ich renne durch die Zimmer der Erinnerung und schreie vor Angst in dieser Nacht. Vor dem, was kommen wird.

STEFAN IST EIN PAAR MAL hier gewesen zu Besuch, glaube ich. Man sieht es an den Zeitungsstapeln, die er hinterlassen hat. Er wird den Zug genommen haben und ist genau zum vereinbarten Zeitpunkt mit einem kleinen Rollkoffer am Ende der Straße erschienen. Bestimmt habe ich das Gewehr versteckt, damit er nicht erschrickt, suchte mein Gesicht zusammen und zog mich an wie früher. Dann habe ich wahrscheinlich die Tür geöffnet, durchbrach mit der Hand die feine dichte Wand aus Spinnweben, die seit meinem letzten Besuch in der Welt entstanden sind, sagte: «Igitt», setzte mein Lächeln auf. Stefan muss umständlich seinen winzigen Koffer die drei Stufen hochgehievt und sich beschwert haben über die Leute im Zug, die ihm zu betrunken, zu dick oder zu ungewaschen sind, aber wird dann innegehalten haben, um eine Sehenswürdigkeit zu bewundern, die gerade die Straße entlangkommt. Aus der Welt der Thujenhecken-Siedlung zieht eine Prozession dreier weißer Mittelschichtskinder vorbei, mit portablen Geräten, aus denen fetter Sound wummert, sie wippen leicht mit den Schultern beim Gehen. Stefan hätte anerkennend geschaut. Die spielen ja Ghetto, würde er sagen, aber müsste sich jetzt doch schnell die Hände waschen vom Zug. So könnte es gewesen sein. Dann würde er Zeitungen aus Papier und

Weinflaschen und Kuchen aus dem Koffer ziehen, sich in den Sessel setzen und lesen. Daran könnte ich sehen, dass es ihm gutgeht.

Er hat keine Ahnung. Er weiß nicht, dass ich nur hier bin, um auf den Moment zu warten. Manchmal könnte ich nicht sagen, ob er da ist oder ob ich es nur glaube. Es macht keinen Unterschied. Seine Anwesenheit fällt mir kaum noch auf, ich habe mich an sie gewöhnt. Wenn er da ist, springen keine fuchtelnden Dämonen herum. Aber die waren sowieso längst weg. Alles hatte sich beruhigt. Ich fand, ich war eine relativ normale Person geworden. Ich war, seit ich Stefan kennengelernt habe, nicht mehr der Rest von Fiona und mir. Ich streckte nicht mehr die Hand aus, um eine andere Hand zu greifen, die immer da ist. Sondern die in sich abgeschlossen lebt, erwachsen, vernünftig. Vielleicht ein wenig kalt.

Mit vierzig ließ ich mich untersuchen, ob ich schwanger werden könnte. Die Ärztin trug Perlenohrringe wie Elisabeth. Sie verordnete mir Folsäure-Dragees und machte eine Ultraschalluntersuchung. Es sei alles in Ordnung. Ich könnte, falls ich mich dazu entschließen würde, sagte sie, eine schöne Erinnerung aus dem Weisheitsspeicher aussuchen, mit der das Kind aufwachsen würde. Es war ein Sommertag mit federleichten Wolken, und ich ging ein wenig zu Fuß, als ich ihre Praxis verließ. Ich dachte, dass die Essiggurkenverkäufer auf dem Markt in mir vielleicht bald eine neue schwangere Kundin haben würden oder auch nicht, ich winkte ihnen jedenfalls zu und ihren großen Trögen mit Sauerware auch. Es schwappte ein bisschen darin. Ich schaute auf die Lake, eine dunkle Oberfläche in Bewegung. Es war etwas darunter, das immer nur kurz zu sehen war. Und auf einmal dachte ich, dass ich für ein Kind keine schöne Erinnerung aussuchen müsste, dass ich meine eigene Erinnerung hatte.

Aber vor allem hatte ich von diesem Moment an das ganz deutliche Gefühl, dass Fiona noch da war. Und dass ich zu ihr wollte. Es hat eine Weile gedauert, bis mir bewusst wurde, dass es eigentlich das Einzige war, was ich wirklich wollte.

Ich hatte keinen Grund zu zweifeln, dass man wirklich intensiv nach ihr gesucht hatte. Etwa zwei Jahre lang dauerte das. Wir hatten mit einer Polizistin gesprochen, Andreas und ich. Der Tag war grell sonnig und windig, der Schnee schmolz, und das Licht in den Pfützen blendete. Andreas machte sachlich und präzise die nötigen Angaben und behandelte die Polizistin wie einen Geschäftspartner. Aber sein Blick war unruhig, die Angst saß darin. Der Tisch mit seinen Chromelementen passte nicht zu den abgenutzten Farben im übrigen Raum. Fiona und ich hatten oft Szenen geschrieben, die in Polizeirevieren spielten, diese Innenausstattung hätte uns beiden gefallen, aber wir hätten den Kopf darüber geschüttelt und es anders gemacht. Die Redakteure haben Vorstellungen, wie es aussehen soll, also schrieben wir Polizeireviere, wie sie Redakteure für echt hielten, denn wir wollten Geld verdienen. Wir waren gut darin. Die Polizistin, die uns an einem viel zu neuen Tisch gegenübersaß, war geschminkt, und ihr Körper sah trotz der strengen Uniform weich aus. Mütterlich irgendwie. Fiona und ich hatten beide keine richtige Mutter gehabt, aber uns fehlte nichts, solange wir uns beide hatten.

Nach dem Tag bei der Ärztin führte ich wieder lange Gespräche mit Fiona, obwohl sie nicht da war. Oft erinnerte ich sie an Dinge, die wir zusammen erlebt hatten, um mich ihr langsam zu nähern und ihr nicht gleich mit der einzigen Frage zu kommen, die mich wirklich interessierte: warum sie fortgegangen war und wo sie jetzt lebte. Warum sie alle Spuren vermeiden konnte, die von jedem existieren, der isst, trinkt und vielleicht einmal Zug fährt, und die seinen Aufenthaltsort früher oder später verraten. Warum sie mich verlassen hat. Wenn ich nicht mit ihr sprach, fühlte ich wenig.

Fiona ist streng genommen nicht meine Schwester. Noch nicht mal meine Halbschwester, denn als Andreas und Elisabeth sich kennenlernten, war sie schon sechs Jahre alt und Elisabeth schwanger mit mir, aber Andreas ist nicht mein Vater. Es passt nicht zu meiner Vorstellung von den beiden, dass sie sich in so einem Moment zusammengetan haben – sie müssen verliebt gewesen sein, ein Zustand, in dem ich sie nicht kenne. Mit Elisabeth kam Fiona vielleicht deshalb gut aus, weil Andreas seiner Tochter zu verstehen gab, dass sie Elisabeth und ihre Launen nicht so ernst nehmen müsse, diese Frau, die morgens mit Sonnenbrille und einem Turban aus Hermès-Tüchern auf dem Kopf aus ihrem Zimmer trat, in dem laut klassische Musik lief, an komplizierten Tagen war es Wagner. «Beruhig dich, Mama», sagte Fiona, wenn sich Streit anbahnte, meistens wegen mir. Sie sagte immer «Mama», obwohl sie wusste, wie sehr Elisabeth das hasste, die drauf bestand, von uns beim Vornamen genannt zu werden. Fionas echte Mutter war Anne, eine späte Hippie-Frau, die in Portugal lebte und uns von Zeit zu Zeit besuchen kam. Wir mochten Anne, sie brachte immer Freunde mit, einmal sogar einen jungen Mann, der Jesus hieß. Ich starrte ihn an und konnte es nicht fassen, dass jemand so einen Namen hatte. Ich war hingerissen.

IN MEINER ERSTEN ERINNERUNG an sie trägt Fiona ein mit winzig kleinen Blumen besticktes T-Shirt, einen blauen Rock und weiße Kniestrümpfe. Sie sitzt an ihrem Kinderschreibtisch, einem hellgrünen Rohrgestell mit schräger Platte, den ich bald erben werde, sie ist eigentlich schon jetzt zu groß dafür. Sie kaut an ihrem Bleistift und verdreht die Augen beim Denken. Sie nimmt nichts um sich herum wahr, es stört sie auch nicht, wenn ich in ihr Zimmer schleiche und mich auf ihr Bett lege, während sie ihre Hausaufgaben macht. Ich glaube, sie bemerkt mich nicht einmal. Im Gegensatz zu ihr habe ich an diesem Schreibtisch nie etwas zu Stande gebracht, ich tat mich beim Lernen schwer und war ständig in irgendetwas verheddert. Stimmte es, dass man schummelte, wenn man Fehler mit Tintentod wegmachte, statt sie durchzustreichen? Meine Klassenlehrerin hatte das gesagt, und ich erlegte es mir als Übung auf, vorbildlich zu sein und den Tintentod nicht zu benutzen. Man durfte beim Schreiben natürlich trotzdem keine Fehler machen, und der Verzicht verlangte Anstrengung. Das machte das Schreiben mit dem Füller ungemein langsam, aber es ging um etwas Wichtiges. Ich wollte zeigen, dass ich keine Betrügerin war. Der Tintentod war Betrug, also eine Lüge und ein Verstoß gegen die Zehn Gebote.

«Spinnst du?», sagte Fiona, die jetzt schon in der zehnten Klasse war und Brüste hatte und zwei Verehrer, Richy und Christian. Nimm den bescheuerten Tintentod und Schluss. «Was soll das, Kleine?» Außer ihr hat nur später mein Freund David «Kleine» zu mir gesagt, und David tat es mit angeberischer und zärtlicher Ironie, ich war fünf Zentimeter größer als er.

Fiona nimmt den Tintentod und macht den Fehler weg, der mir gerade passiert ist, weswegen ich mit den Tränen kämpfe und schwitze. Fiona kitzelt mich unter den Armen, bis ich die Tränen vor Lachen wegschreie. Fiona schaut mich mit grünen Augen an und schielt zum Spaß, sie hat lange seidige Haare, keine Wolle wie ich. Sie riecht nach der Vanille-Bodylotion, die in ihrem Zimmer steht, und wenn sie ausgeht, trägt sie den sehr dunklen Kajal, den Elisabeth scheußlich findet, die ihr Leben lang nur hellbraunen oder hellblauen Lidschatten benutzt, sehr dezent, Tarnung für ihre anstrengende Persönlichkeit, sagt Fiona und kichert. Sie hat es gut, sie ist nicht Elisabeths Tochter, sie ist nur die Tochter von Andreas und lässt sich von ihr nichts sagen. Ich bin die Tochter von Elisabeth und sonst niemandem. Aber Andreas passt trotzdem auf mich auf.

Andreas war Erfinder, glaubte ich, weil es mir nicht zu erklären war, was Ingenieur bedeutete oder Unternehmer. Wenn Fiona und ich ihn besuchten, was selten vorkam und vorher angemeldet werden musste, betraten wir einen Flachbau an einer Seitenstraße, hinter dem zwei Fertigungshallen lagen. Wir schauten durch die Luke, hinter der Frau Schelling saß, die Bürochefin. Am Anfang konnte nur Fiona durchsprechen, weil die Luke hoch lag. Frau Schelling trug braun gemusterte Blusen, lächelte beschäftigt und betätigte den Türöffner.

Ich erinnere mich an die Arbeiter in blauen Kitteln und Hosen, die ihre Pause vor der Halle verbrachten und zu meinem Erstaunen Andreas duzten, obwohl er doch der Chef war. Auch Andreas sprach zu Hause von ihnen nur mit Vornamen. In meinen Augen waren sie allesamt verwegener als Andreas, die meisten auch viel älter, schon grauhaarig, während Andreas' glattrasiertes Gesicht vor lauter Jugend noch wie poliert aussah. Sie tranken um neun Uhr vormittags Bier aus der Flasche, rauchten Zigaretten und hatten schlechte Laune. Andreas behandelten sie wie einen von ihnen, der sich zufällig als besonders geschickt erwiesen hatte und deshalb zu ihrer eigenen Zufriedenheit einen Plan für alle machte. Man hätte wirklich denken können, es sei ihre geniale Idee gewesen, dass er der Chef war. Manchmal trug er einen Blaumann genau wie sie, und sie arbeiteten zusammen mit Helmen auf dem Kopf an einer Maschine, dann begutachteten sie zusammen das Resultat. Er schien kein Getue um sein Chefsein zu erwarten, und wir kannten es nur so. Als wir später selber arbeiten gingen, wunderten wir uns.

«Das Angestelltenleben», sagte Fiona einmal, als sie eine Weile fest in einem Sender gearbeitet hatte, «besteht aus Kränkungen, die nur dazu da sind, die Hierarchien zu festigen. Es macht mich zu einem ständig gekränkten Menschen. Deshalb muss ich damit aufhören. Es gibt keinen Grund, gekränkt zu sein.» Sie war so großartig und sicher in allem, was sie tat. Meine Schwester ist eine Person, wie sie in einen Männerroman passen würde, dachte ich, als ich begann, richtige Bücher zu lesen, und mir meine Helden suchte. Aber wie ist eine Figur, die in einem Männerroman vorkommt? Ich konnte es nicht sagen, aber es schien mir für Fiona die passende Beschreibung. Sie war einfach keine Frauenroman-Heldin. Ich hatte dabei wirklich nichts gegen Romane über Frauen, die im Übrigen fast immer von Frauen geschrieben waren. Vielmehr las ich sie mit großer Neugier, auch später noch. Ich fand es angenehm und anregend, denn ich hatte festgestellt, dass die meisten Bücher, in denen ich meine Helden fand und in mein eigenes Leben herüberzog, von Männern geschrieben waren und dass also wichtige Menschen, mit denen ich Umgang hatte oder die ich mir zum Vorbild nahm, die mich trösteten oder mir vormachten, wie man zum Beispiel die Schritte durch eine nächtliche Straße geht, nicht von Frauen erfunden waren. Irgendwann machte mich das misstrauisch. Lebte ich in einer Welt, die gar nicht für mich gedacht war? In Büchern von Frauen, die ich gelesen hatte, ging es dagegen um Liebesbeziehungen oder Muttergeschichten. Es erzählten dort keine einsamen Romantiker, sondern Töchter, die von Mutter und Vater dominiert wurden, aber sich davon befreien konnten. Oder auch nicht, was ich interessanter fand. Oder die Erzählerin war Teil eines Paares, selber Mutter, böse oder gut, lebte auf dem Land oder in der Stadt, hatte Freunde, Liebhaber. Die Beschreibung der Welt spielte in solchen Romanen nie die Hauptrolle, war aber dabei oft präziser als in den Männerbüchern und brachte mir ein Wohlgefühl, selbst wenn es sich um eine brutale Geschichte handelte. Was ich dabei empfand, war eine Verwunderung, in der viel Zuneigung lag.

An einem Dienstagvormittag im Juni, als ich Hans ein paar Tage nicht gesehen hatte, lief Fiona vom Postamt über die Straße auf mich zu und war fröhlich wie jemand, der ein kleines Hütchen auf dem Kopf hat. «Ich fahre nach Italien», sagte sie, «es gibt so viele Bilder, die ich sehen muss. Kommst du mit?»

Wir fuhren im Liegewagen über Nacht nach Florenz. Als wir Rosenheim hinter uns hatten, setzten wir uns zusammen auf die untere Pritsche und packten Schinkenbrote aus. Von draußen kam die warme Luft nächtlicher Felder. Ich wollte sofort nie wieder anders unterwegs sein als so. Wir kamen im frühen Morgenlicht an, und der Nachtportier in einem Hotel hinter dem Domplatz schloss uns ein Zimmer auf. Beschäftigt waren wir auf diesen Reisen weniger mit uns selber, sondern vor allem mit Schauen. Wir gaben uns völlig der Malerei hin und ließen uns in die Darstellungen hineinziehen, wo es von Heiligen nur so wimmelte, die mahnend lächelten oder das Christkind anbeteten oder von kleinen Engeln wie von Libellen umsaust wurden. Wir fanden damals, man könnte es als Frühform des virtuellen Reisens bezeichnen. Diese bestimmte Art des Schauens, meine ich, bei dem man sich vollkommen wegdreht von dem Ort, an dem man sich befindet, in eine andere Welt. Da war etwas, das ganz und gar unstofflich ist, aber sich öffnet und alle Sinne überflutet.

«Weißt du, ich finde, dieses Bildprogramm ist doch auch nur ein Verbesserungsprojekt für Gebote und Frömmigkeit», sagte sie. «Nimm andere Begriffe dafür, sage Wohlverhalten und Datenteilen, und wir sind im Hier und Jetzt.» Ich glaubte zu verstehen, aber was sie wirklich damit meinte, begriff ich erst später. Spürbar war aber doch, dass es trotzdem Bilder gab, an denen nichts einschüchterte und keine Strafe drohte, auf denen der reinste Liebreiz, die natürlichste Erschrockenheit oder stirnrunzelnde Nachdenklichkeit dargestellt war. Diese Abwesenheit von Verbesserungszielen würde ich heute als Gnade bezeichnen.

Wir sahen die Mosaiken in den glitzernden Kuppeln von Ravenna, in der Jugendherberge hing das Bild des Papstes Wojtyla. Wir sahen die Fresken von Giotto in der Scrovegni-Kapelle in Padua an einem Oktobertag, an dem es früh dunkel wurde und wir uns sagten, dass es an der Zeit sei abzureisen, so als ob es sich nicht gehörte, die Bürger von Padua in ihrem Winter zu stören. Wir nahmen in Venedig das Vaporetto durch die stille Lagune und sahen die Ordnung der Welt beim Jüngsten Gericht in der Kirche von Torcello, wo man Abraham leicht mit Luzifer verwechseln kann. Manchmal in kleinen Orten waren die Kirchen geschlossen, dann sperrte ein Weiblein die Tür auf und zeigte uns eine Madonna mit Kind von Luca Signorelli.

Nur einmal stritten wir. Ich hatte über Elisabeth geredet und darüber, wie sie mich immer noch wahnsinnig machte, aber Fiona sagte, ich solle endlich aufhören, die

Zukunft sei wichtig, nicht die Vergangenheit, aber ich war wütend auf Elisabeth und pfiff auf ihre Zukunft und sagte das auch. Da verbrachten wir nachher einen ganzen Tag in einem öffentlichen Garten, vor dem das Hügelland ausgebreitet lag, als ob man im Himmel wäre, wir saßen da und schauten, aber jede beleidigt für sich.

Dann waren wir zurück, und ich traf Hans wieder, und Fiona und ich machten weiter mit dem Geldverdienen. Es ging uns gut in dieser Zeit, aber sie wirkte manchmal abwesend. Ich fragte sie, an wen sie dachte, denn sie hatte schon länger keine Liebschaft mehr. Liebschaft, so nannten wir das ganz im Unernst, das Wort hatte Andreas benutzt, wenn er meinte, das führt doch zu nichts. Es war aber einfach ganz besonders schön, eine Liebschaft zu haben, die zu nichts führte, darin waren meine Schwester und ich uns immer einig, und obwohl unsere zeitweiligen Freunde immer sehr verschieden waren, vertrugen sie sich meistens gut, sodass wir an heißen Tagen in jedem Sommer zu viert über Felder gehen konnten, an einem Bach lagerten und redeten und aßen und dösten und uns erst nach Sonnenuntergang, wenn nur noch der Himmel hell war, wieder auf den Rückweg machten. Aber jetzt war es lange her, dass sie von jemandem gesprochen hatte.

Eines Tages, als ich etwas früher als verabredet zu ihr in die Wohnung kam, war Konrad auch da. Ich freute mich, ihn wiederzusehen, aber ich war verblüfft. Wie er in Fionas niedrigem Armsessel saß, schien er völlig mit der Umgebung vertraut zu sein. Er ist oft hier, dachte ich. Sie sind fast wie ein Paar. Aus ihm war ein schöner

Mann geworden, er trug die dunklen Haare lang und zusammengebunden, kleidete sich aber konservativ, sein weißes Hemd schien mir sogar gestärkt zu sein. Er blieb eine Weile lesend im Zimmer, während wir am Esstisch arbeiteten, es war wie früher. Dann stand er auf, gab Fiona einen Kuss aufs Haar, nickte mir zu und sagte: «Bis dann.»

«Was macht er eigentlich?», fragte ich sie. «Oh, er entwirft gerade Gärten nach historischen Vorbildern. Aber das macht er nur nebenbei. Eigentlich ist er Programmierer. Seine Firma entwickelt eine Anwendung zur Verhaltensbewertung – weißt du, es ist verrückt, was man aus der Kombination von Daten, die ein Mensch hinterlässt wie Abfall, alles erfahren kann.»
Sie sah mich ernst an. «Konrad und mich verbindet etwas. Es lässt sich nicht leicht erklären. Wir fragen uns die gleichen Dinge.»
Ich musste lachen. «Ah so? Und macht ihr das im Sitzen oder im Liegen?» Fiona lachte jetzt auch. Später sagte sie noch: «Wir fragen uns einfach nur, was richtig, was falsch und was tödlich ist, nichts weiter.» Hmhm, machte ich, aber ich hörte nicht mehr richtig zu, ich war in Gedanken wieder bei der Arbeit, die vor uns lag. Draußen fiel Schnee an dem Abend, und als ich heimging zu Hans, trat ich auf der Brücke die ersten Spuren ins Weiße.

Das Anbahnen zwischen Hans und mir war ungeschickt und lachhaft verlaufen, wenn der eine versuchte, den anderen zu umarmen, boxte er ihm aus Versehen mit dem Ellenbogen aufs Ohr, so drehte sich jeder, um weiteren

Schaden zu verhüten, wieder weg. Trotzdem wurden wir Vertraute, die in dieser Zeit, wenn ich nicht bei Fiona war und arbeitete, das Corned Beef und das Bett teilten.

Wir blieben zwei Jahre zusammen. In meiner Erinnerung roch es nach Leim und nach den klebrigen Lindenblüten vor seinem Haus, wenn wir zusammen in seinem schmalen Bett lagen. Es hatte große, dicke Kissen. Das Bettzeug war rot-weiß gestreift wie ein altmodisches Unterbett. Obwohl ich jetzt hauptsächlich mit Fiona Drehbücher schrieb, fotografierte ich immer noch. Als er mich um eines meiner Fotos bat, um es bei sich aufzuhängen, wählte ich ein Schwarzweißbild von Leuten am Fluss, das ich auf Barytpapier vergrößert und auf Hochglanz gepresst hatte. Das Bild war eine Ausnahme. Normalerweise war auf meinen Bildern niemand, je leerer sie waren, desto mehr liebte ich sie.

Dann war er fertig und bekam eine Stelle als Assistent an der Kunsthochschule in Düsseldorf. Auf einmal ging es darum, ob ich mitkam und ob wir uns aneinanderbinden wollten. Wir wollten beide nicht. Es war wie eine Ermüdung, als hätte uns die Nähe zueinander unbarmherzig gemacht. Eines Morgens traten wir auf die Straße und gingen in unterschiedliche Richtungen fort. In meiner Erinnerung ist es eine Abfolge von Schwarzweißfotos, die uns in unterschiedlichen Bewegungsphasen des Auseinanderstrebens zeigen, das rasch vor sich ging.

DIE TRÄUME, die mich nicht in Ruhe lassen, sind seltsam. Es sind keine Albträume, aus denen man bestürzt aufwacht, sie erzeugen eher ein Gefühl von sanftem Gleiten, das auch den wachen Zustand noch überlagert. Oft sehe ich Städte, hochgebaute Türme und Gebäude, die eigentlich keine Substanz haben. Manchmal bin ich in einer anderen Zeit, die erschreckend fremd und mir gleichzeitig bekannt ist. Andere Nächte bringen mich in einen Wiesengrund, der im weichen Licht schimmert und sich bis zum Horizont hinstreckt. Ich komme näher und bemerke, dass im Gras silbrige Kästen liegen, von denen das Schimmern ausgeht. Sie sind nicht besonders groß und füllen die Wiese auf gleichmäßig verstreute Art. Und ich begegne immer wieder in fast allen diesen Träumen der Zeremonie, als wenn ich mich ihr aus unterschiedlichen Richtungen nähern und zuschauen würde.

Es gibt keine Welt mehr außerhalb der Welt, meint man. Aber das stimmt nicht. Was mich betrifft: Ich schließe morgens die Hitze aus, verbringe den Tag bei heruntergelassenen Rollläden und schlafe in der Nacht bei weit geöffneten Fenstern, durch die Sterne scheinen. Es riecht kühl im Haus und süßlich nach dem blanken Estrich, und es gibt keinen Spiegel.

Ich fülle dieses Haus nach und nach mit meinen Gedanken, eine Besitznahme. Ich denke es mir voll, obwohl es hier wenig Möbel gibt. Das Bett in einem Zimmer oben. Ein kleiner Esstisch. Kerzen in Gläsern für den Abend. Ein Sessel, den man zum Lesen ans Fenster rücken kann. Ein Haus ist etwas Reales, es hat Ziegel, Holzauflagen auf den Treppenstufen, kleine Steinarbeiten am Kamin. In der Rhetorik ist das Haus etwas anderes, ein Mittel der Mnemotechnik. Der Redner stellt sich, um seine Argumente nicht zu vergessen, ein Gebäude vor, durch das er gehen kann und in dem jedes Zimmer der Raum für etwas ist, an das er sich später erinnern will. Bei seinem Vortrag durchschreitet er in Gedanken das Haus und bringt in seiner Rede nach und nach alles vor, was er in den Zimmern abgelegt hat. Auch ich bewohne Erinnerungsräume. Ich werde sie abgehen, später. Einen nach dem anderen. Aber noch ist es nicht so weit. Erst muss ich sie übervoll werden lassen.

DIE ERINNERUNG FOLGT keiner äußeren Ordnung, merke ich. Obwohl ich alles erlebt habe, scheint es mir jetzt, dass ich bei diesen Ereignissen nicht dieselbe Person gewesen sein kann. Aber dann kann ein Detail etwas auf irritierende Weise zurückholen und den trügerischen Eindruck erwecken, es gebe gar keine Zeit, nichts sei vergangen und nichts vergeblich. Ein bestimmtes hartnäckiges Hupen in der Kurve machte mich manchmal mutlos, weil es war wie an dem wässrigen Tag, als Hans und ich zum letzten Mal das Hoftor zur Straße öffneten und er nach rechts, ich nach links ging. Ein Hupen wie ein Schiffssignal. So war es, als wir uns trennten. Ganze Monate habe ich aber völlig vergessen, das scheint mir kein Verlust, sondern nur der Beweis, dass es nutzlose Zeiten gibt.

Genau aber erinnere ich mich an den Tag, als ich Hans nach zwanzig Jahren wiedertraf. Damals wusste ich noch nichts von den analogen Kolonien, sie waren erst im Entstehen. Später, als ich selber dort war, begriff ich die Zusammenhänge mit allem, was um uns herum geschehen war. Aber ich werde geschwätzig. Dass ich jemals dort war, ist durch nichts zu belegen, und ich würde es auch bestreiten. Wenn ich aber die Menschen beschreiben soll, die ich dort traf, fallen mir viele Worte ein. Aufgebracht. Verschlossen. Einige Kindliche. Einige Verlorene. Nur eines war keiner von ihnen: beruhigt.

Was ist richtig, was ist falsch, und was ist tödlich? Vielleicht hatten sie mich da schon ausgesucht.

Wir waren damals noch mit völlig anderen Dingen beschäftigt, zum Beispiel mit Film. Die Transformation hatte sich noch nicht beschleunigt, und unser Leben war manchmal kompliziert, aber im Wesentlichen arglos. Durch Marie hat sich das verändert, was mich betrifft. Doch, es war Marie, das kann ich sagen, obwohl ich sie nie kennenlernte. Was wäre gewesen, wenn ich Hans an diesem Abend nicht getroffen hätte? Hätte ich dann Konrad gesucht? Wäre ich hier? Ich bin nicht sicher.

An dem Abend war ich bei der Premiere einer neuen direktzerebral projizierbaren Serie in einem großen, absurd gekühlten Kino gewesen, Maro hatte mich dazu überredet. Maro war eine Bekannte, und sie musste hin, weil sie hinter einem Auftrag der ausführenden Produktionsfirma her war. Die Serie war haarsträubend und handelte von einer Invasion der Außerirdischen, der Weltuntergang droht. Vorher aber übernehmen die Außerirdischen, die eigentlich nur auf einen Rohstoff im Erdinneren aus sind und darauf, den Planeten mit seinen Bewohnern zu knacken wie eine Nuss, in menschlicher Gestalt die Herrschaft auf der Welt. Ich sah Joseph Sojus aufkreuzen, den gerissenen alten Produzenten, der hier war, um die Konkurrenz im Auge zu behalten.

Nach einer Viertelstunde stand er auf und kam mit zwei Flaschen Bier zurück, ich grinste im Dunkeln. Er trank nur, wenn er nicht arbeitete, die Sache war für ihn also gelaufen. Ich hätte auch gern eines getrunken, weshalb machten sich die Aliens all die Mühe mit der Tarnung, wenn sie die Erde auch so knacken konnten? Weshalb schauten alle Schauspieler so terrorisiert, obwohl sie gar nicht wissen konnten, was noch geschehen würde? Nach zwei Folgen und einem quälenden Q&A mit der Crew standen wir vor dem Kino und versuchten, uns endlich zu betrinken, während ein PR-Mann Maro sehr ernsthaft von der Großartigkeit dessen überzeugen wollte, worüber wir uns gerade noch vor Lachen gekringelt hatten. «Komm, wir gehen», sagte ich, und Maro nickte. Ich holte mein Fahrrad und schob es neben ihr her vom Kino weg, sie stakste schwer und fluchte, denn sie hatte hohe Schuhe an zu ihrem Ich-will-was-Kleid. Sie schüttelte den Kopf. «Clara Paulus hat mir erzählt, dass die Regisseurin während der Szene, in der ihre Figur mit dem Außerirdischen Sex hat, immer noch mehr Ekstase verlangt hat. Sie wusste nicht mehr, was sie machen sollte. Schließlich haben sie ihr den Mund so groß geschminkt wie bei einer Gummipuppe.» Maro schwankte über das Pflaster und entwickelte mittelbetrunken alternativ die Szene, in der ein männlicher Schauspieler seine Ekstase einem weiblichen Außerirdischen zeigen musste.

Ich wurde abgelenkt von einer Gruppe Personen, die vor uns herumstanden. Es war der Ausgang der Kunstakademie, die nachts immer noch so aussah wie früher, wie ein schwarzer, von Karies zerfressener Zahn, nur dass jetzt ein kubischer Neubau danebenstand. Es musste eine Feier gegeben haben, denn die Leute auf dem Gehsteig waren festlich und etwas exzentrisch gekleidet. Wir schoben das Fahrrad an ihnen vorbei und hatten sie fast hinter uns, als ein Mann im dunkelblauen Anzug und schwarzem T-Shirt vor mir stand, mit graublonden Haaren und einer in helles Plastik gefassten Brille, seine Nase sah aus, als sei sie einmal gebrochen worden.

Natürlich hatte ich von Zeit zu Zeit seinen Namen im Internet gesucht. Ich wusste, dass er Ausstellungen gehabt hatte, erst in der Gruppe, dann Einzelausstellungen. Schließlich Arbeiten für öffentliche Plätze in verschiedenen Städten. Persönliches hatte ich nicht gefunden, auf den Fotos sah er manchmal sehr fremd und manchmal sehr vertraut aus. Vom Leim war er offensichtlich abgekommen, aber die Skulpturen, die abgebildet waren, hatten immer noch ein kreidiges Weiß als Grundton, nur waren sie jetzt aus festem Stoff und kombiniert mit Holz oder oxidiertem Metall. Ich wollte nicht zu viel an ihn denken.

Er lächelte, aber nicht spöttisch wie früher.
«Wo kommst du jetzt her?», fragte ich verblüfft.
«Husenbecks Emeritierung», sagte er knapp, so als sei ihm das völlig egal, dabei war Husenbeck sein Lehrer und Förderer gewesen. Er schaute mich nachdenklich an, länger, als es mir angenehm war.
«Was machst du gerade? Ich bin noch zwei Tage in der Stadt. Wollen wir morgen zusammen mittagessen?»

«Cäsars Vitamin-Reich macht Urlaub», sagte ich schnell. Vielleicht auch, um zu testen, wie er auf die Erwähnung der alten Zeiten reagierte.
«Oh, ich dachte sowieso an etwas anderes», sagte er ein klein wenig spöttisch. «Um halb eins am Oberen Einstieg?» Jetzt sah ich, dass er wie viele der Partygesellschaft eine Bierflasche in der Hand hielt, und eine unangenehm deutliche Erinnerung an unsere frühere Nähe befiel mich. War sie wirklich unangenehm?
«Gut», sagte ich schnell und schob Maro unauffällig an, damit sie losginge. Bis morgen.
Es hatte vielleicht vier Minuten gedauert. Ich fühlte mich atemlos. Maro war beleidigt, weil ich sie nicht vorgestellt hatte, und ich sagte ihr, dass es sich nur um einen alten Bekannten handelte. Er sieht interessant aus, dein Bekannter, sagte sie. Sie hoffte auf Details. Aber ich schwieg. Was hätte ich ihr sagen sollen? Dass ich mich fühlte wie jemand, der weit gelaufen war und feststellte, dass er sich im Kreis bewegt hat?

Am nächsten Tag sah ich ihn von weitem. Wir kamen gleichzeitig aus verschiedenen Richtungen auf den Eingang des abschüssigen Parks zu. Ich hatte absichtlich nichts angezogen, was nach einem besonderen Rendezvous aussah. Hans trug gut eingewohnte Jeans wie früher und dazu ein hellblaues Hemd. An seinem linken Handgelenk war ein gewebtes Stoffband verknotet. Er schob die kleine Eisentür des Parks auf. «Komm, ich zeig dir was.»

Als sei keine Zeit vergangen. Ich folgte ihm und staunte. Der Park war klein und von einer Urban-Gardening-

Gruppe vollgestellt worden mit Kübeln und Kisten, in denen jetzt Ranken und Stauden wuchsen. Efeu an Seilen bildete einen Sonnen- und Sichtschutz. An einem Kiosk gab es vegane Bio-Gerichte, Hans bestellte sich rote Bohnen mit Minze und Birne, ich blieb bei Pommes, ich mochte das Herauspicken aus dem Teller, überhaupt mochte ich damals Essen, bei dem man zaudern konnte. Worauf läuft das raus?, dachte ich.

Ich betrachtete die Härchen an seinem Handgelenk, wo das Stoffband war. Es war das Einzige, das mir nicht vertraut war. «Bist du extra wegen Husenbeck hier?», fragte ich.

Er schüttelte den Kopf, aß schnell herunter und erzählte im Nachkauen, dass er ein Stipendium erhalten hatte in einer kleineren Stadt, nicht weit weg in Richtung Berge. Seine Skulpturen, sagte Hans, sollten vor dem großen neuen Zukunftszentrum stehen. So nannte man jetzt die kommunalen Einrichtungen, in denen schon Kinder Programmieren und Webdesign üben konnten, Anlagen für E-Sport und Beratung für Senioren und andere, die aus irgendeinem Grund digital nicht mithalten konnten und deshalb kein Teil der Verbesserungskultur werden würden, wenn man ihnen nicht Nachhilfe gab. Das Gesetz verlange in Zukunft von jedem, eine digitale Identität anzulegen und zu pflegen, darin befänden sich, mit verschiedenen Verschlüsselungsstufen gesichert, Informationen über eine Person wie ihre Steuernummer, die Daten der Gesundheitskarte, Bankverbindungen, Bonusprogramme, Mitgliedschaften, Bewegungsprofile und die von ihr benutzten Geräte. Ich hatte davon gehört, und es gefiel mir nicht.

Hans erklärte, er wolle mit seinen Skulpturen, vor allem mit dem Einarbeiten gebrauchter Materialien in seine weißen Strukturen, ein Denkmal für die analoge Welt bauen. Das allerdings fand ich kurios. «Ein analoges Denkmal für die analoge Welt, na klar, was sonst?», sagte ich.

Er blieb dabei. Ich würde es gleich verstehen. Er wollte, dass die einzelnen Elemente um das Zentrum herum verteilt stünden. Er sprach von einem Bannkreis, den man auf dem Weg in das Gebäude durchschreiten müsse, und sein Ziel sei, dass allen bewusst werden sollte, dass die Abstraktion im Digitalen nicht mehr als ein Abbild der Wirklichkeit sei. Nicht die Wirklichkeit. Denn alles Digitale sei Abstraktion, sagte er. Eine Art Nano-Abstraktion, auf jeden Fall verbinde sie alle Dinge der Welt insofern, als sie durch diese Abstraktion nun übermittelt werden könnten. Was ein Baum oder ein Teller oder zum Beispiel auch seine einstigen Leim-Kaskaden von Haus aus ja nicht seien. Sie seien nur beschreibbar, aber nicht übermittelbar. Der Unterschied sei, dass sich beim Beschreiben eine Vorstellung des Gegenstands im Kopf des Zuhörers entwickle. Je nachdem, wie gut die Beschreibung sei, eine sehr ähnliche oder sehr abweichende. Ich könne mich sicher an die ganz unterschiedlichen Löwen zu Füßen des heiligen Hieronymus erinnern, fiese und lächelnde, kätzchenhafte und kälbermäßige je nach Begabung und Kenntnis des Malers. Manchmal entstehe beim Beschreiben sogar etwas, das überhaupt nichts mit dem Beschriebenen zu tun habe, aber dem Menschen, der davon höre, eine sehr liebe und wichtige Vorstellung werde, auch wenn sie mit dem Ausgangsgegenstand rein gar nichts zu tun habe. Sodass man sich sein Leben lang nach einer bestimmten Insel sehnt, von der man eine Vorstellung edelster Abgeschiedenheit im Kopf hat, ohne zu wissen, dass es sich gar nicht um eine Insel handelt, sondern nur um eine vorgelagerte Landzunge. Der Unterschied, auf den er hinauswolle, sei nun der: Im Digitalen sei wirklich alles eindeutig und unmissverständlich übermittelbar in dem Sinn, dass man alles und jedes auf einen reproduzierbaren Bauplan verdichten könne und das Ganze anderswo, dem Anschein nach genau, wie es ist, wieder erstehe, als Klang oder Bild oder von ihm aus sogar im 3D-Drucker. Ungeheuer praktisch und für die Menschheit sicher eine gute Sache, aber ihm scheine, dass in der vollständigen digitalen Transformation oder besser Spiegelung der Welt doch etwas verlorengehe, das womöglich viel weniger unnütz sei, als wir wüssten.

Er hatte angestrengt geschaut, die Brille machte sein Boxergesicht von früher weniger gefährlich, milder. Jetzt lächelte er. «Kommst du mich besuchen und leistest mir in der Einöde Gesellschaft?», fragte er.

Ich war auf einmal wütend über die Selbstverständlichkeit, mit der er meinte, mit uns weitermachen zu können. Im Grunde hatte ich das gleiche Gefühl, aber es tat gut, es jemandem vorzuwerfen.

«Hast du daran gedacht, dass es in meinem Leben vielleicht jemanden gibt, der das komisch findet?»
Hans stutzte. «Nein», meinte er verlegen, «entschuldige, das war dumm von mir. Gibt es jemanden? Hast du Kinder?»
Ich schnitt eine Grimasse. «Schon gut, lass es. Okay, ich denke darüber nach.»

Als wir aufstanden und gezahlt hatten, spürte ich beim Gehen wieder seine Gestalt neben mir, groß genug, damit ich mich aufgehoben, aber nicht dominiert fühlte. Ich wollte ihn gern umarmen und wollte es gleichzeitig nicht. Beim Abschied boxte er mir aus Versehen den Ellenbogen an die Schulter.

MEINE AUGEN TRÄNEN von der Sonne und vom Staub, wenn ich mit dem Gewehr am Ausguck sitze. Ich erinnere mich gern an Hans. Aber es hat schon lange kein Mann mehr einen tiefen Blick in diese Augen gesenkt. Mir fehlt nichts.

Manchmal horche ich auf, aber da ist nichts, keine Geräusche von Nachbarn, die in der Stadt immer um einen herum sind, ihre Kinder, ihr Husten oder die Filme, die sie bei offenem Fenster abspielen. Und vor allem nicht das, worauf ich warte. Ich spüre nur ein Zittern auf dem Boden, wenn draußen hinter der Hecke ein leiser selbststeuernder Wagen auf dem schwarzen Asphalt vorbeizieht. Ich warte also und erzähle. Das Erzählen macht mich wieder ruhig.

Dahinten zum Beispiel lasse ich schnell einen Birnbaum wachsen, und links unter der Hecke pflanze ich Erdbeeren; ein Pflaumenbaum, auf den die Sonne am längsten scheint, hängt voller Früchte, die jeden Tag wachsen. Die Clematis waren im Frühjahr lange so holzig und tot, als ob sie nie mehr treiben würden, nicht wahr? Ich mache, dass sie von einem Tag auf den anderen aussehen wie Wesen, denen Büschel von Haaren aus den Ohren wachsen. Ich kann hacken, jäten, mähen, ich kann einem zu früh hochgeschossenen Kohl ein Mützchen stricken. Ich falle lachend in die Wiese, besitze geblümte Gartenhandschuhe und grüne Gummistiefel und bekomme einen gesunden Teint. Mit dieser Erinnerung stimmt etwas nicht. Es ist nicht meine.

In den letzten Jahren, während sich um mich herum alles zu ständig kommunizierenden Gemeinschaften zusammenfindet, fällt mir die Vorstellung, dass es ein Wir geben soll, immer schwerer. Die Nähe zu anderen Menschen bereitet mir fast immer Unbehagen. Ich habe die Befürchtung, dass sie schlecht riechen könnten, was sich oft bewahrheitet, aber mein Geruchssinn ist nicht das größte Problem. Was es immer mehr unmöglich macht, ist ihre völlige Andersartigkeit. Ich sage es ohne Herablassung, sogar mit einem gewissen Bedauern, dass mich das genauere Kennenlernen anderen meistens nicht näherbringt, sondern den Abstand zwischen uns nur viel größer macht, als er mir anfangs erscheint.

Ein weibischer Ring am Finger eines Mannes, der andere seine Macht kalt spüren lässt, kann mich beschäftigen wie ein Rätsel, auf das man immer wieder zurückkommt. Stumpfsinnigkeit an einer liebenswerten Person lässt mich nicht los. Bosheit stellt mich vor die Frage, ob sie sich womöglich aus frühem Ungeliebtsein erklärt und ob es Hinweise auf dieses Ungeliebtsein gibt. Ob ich auch genau genug danach suchte. Aber dann sind da die flirrenden Personen, die gar nicht richtig zu erkennen sind hinter ihren Allergien und Temperamentsausbrüchen, aber damit kann ich besser umgehen, mit ihren lustigen Oberflächen, großen Ohrringen oder auffällig eleganten Hemden oder komplizierten Frisuren. Menschen lösen in mir normalerweise keine angenehmen Gefühle aus, sondern Anstrengung. Es gab früher Situationen, in denen ich wegen der vielen Andersartigkeit um mich herum erst keine Luft mehr bekam und später lange in der Stille auf dem Bett lag, bis ich wieder ich selbst war. Aus diesem Grund bin ich zum Alleingänger geworden, nur deshalb.

Wenn jemand dagegen behaupten würde, ich sei es wegen Hans und Marie geworden oder wegen dem, was ich auf der Reise zu Konrad erfahren habe, dann werde ich das bestreiten. Oder wenn man behaupten würde, dieses Haus sei mein nur eingebildeter Rückzugsort, dabei könne man gar nicht entkommen. Ich würde auch bestreiten, dass ich meinen Wunsch zu erzählen als beängstigend empfinde. Wo ich all diese Dinge doch in mir, in meiner Erinnerungsschicht eingeschlossen behalten will und nur dort und sie nicht mit anderen teilen. Aber es fühlt sich jetzt manchmal so an, als würden sie mit einem Trick aus mir herausgeholt.

Nein, mein Alleinsein ist nur eine Schwäche, eine kleine Schwäche. Keine größere Überzeugung. Ich weiß nicht, ob es anderen ähnlich geht wie mir, denn ich tausche mich nicht aus, darüber nicht und auch sonst nicht. Ich bin inzwischen gerne allein. Es ist nur so: Es gibt seit der offiziellen Arbeitsaufnahme des Weisheitsspeichers kein unverdächtiges Dasein mehr außer im Kollektiv. Ich bin also eine verdächtige Person geworden. Aber ohne meine Dämonen und ohne meine Herrlichkeit zu existieren, scheint mir unmöglich, also kann ich niemand anderer sein als der nach den Maßstäben meiner Zeit unzureichende und strauchelnde Mensch, der ich bin.

Nach dem Mittagessen mit Hans zog ich zu Hause die Vorhänge zu, damit keiner sah, wie ich auf und ab ging. Ich überlegte, ob ich Stefan sagen sollte, dass ich Hans getroffen hatte und darüber nachdachte, ein oder zwei Wochen mit ihm zu verbringen. Ich plagte mich mit dieser Entscheidung herum, wog Moral gegen das Gefühl, es unbedingt tun zu müssen, und umgekehrt. Die Stadt war staubig und zu heiß, und ich lief allein stundenlang herum, saß im Café, besuchte Bäume im Park und den Laden im Bahnhofsviertel, wo ein höflicher Araber mit französischem Akzent alte Kameras reparierte, Faltbalgen wieder lichtdicht kriegte, die Feder eines Blendenverschlusses erneuern konnte. Er war wie ein Uhrmacher, aber er reparierte keine Apparate für Zeitmessung, sondern zum Zeitfesthalten, was ich viel bedeutender fand. Mein Problem war bestimmt lächerlich gegenüber dem, was sich in seinem Leben zugetragen haben musste, bis er hier in diesem Laden saß, an der Grenze zwischen Bahnhofsstrich und Klinikquartier, kleine missmutige Nutten liefen manchmal vorbei, drinnen war es abgedunkelt, und überall standen gebrauchte Fotoapparate. Er saß wie üblich hinter einer Art Pult voller Werkzeuge und schraubte an irgendetwas, ich glaube, ich fragte nach einem Grüngelbfilter, den er nicht hatte, und er fragte, wo es die Artischocken gab, die ich in meiner Plastiktüte trug, und wie viel sie kosteten.

Ich wusste nicht weiter. An der Fußgängerampel stand ich dann einmal neben einem großen Mann Mitte vierzig in einem dunklen Anzug. Beim Losgehen bemerkte ich, dass er hinkte. Er zog das eine Bein still mit sich, aber ohne jedes Getue, das mit einer Sportverletzung oft verbunden ist. Man sah, das Hinken gehörte schon lange zu ihm. Ich vertraute ihm sofort und vermutlich zu Unrecht, jedenfalls fragte er mich nach dem Weg zu einem gediegenen Speiselokal, das eigentlich schon in Sichtweite war, und mein unsinniges Zutrauen muss sich ihm irgendwie erschlossen haben, denn als Nächstes fragte er, ob ich mitkäme auf ein Glas Wein. Er musste mit einer Abfuhr rechnen, aber das schien ihn nicht zu stören. Ich sagte ja, denn es schien mir eine unerwartete Gelegenheit, mein Problem einem völlig Fremden vorzulegen, unter einem Vorwand vielleicht. Sein Hinken schien zu bedeuten, dass er mit schwierigen Lebenslagen vertraut war, und sein Gesicht war weder verschlagen noch von Eitelkeit aufgeblasen. Er machte den Eindruck eines Mannes in einer fremden Stadt, der sich jetzt gerne unterhalten würde, statt alleine seinen Wein zu trinken, und der damit keine besondere Erwartung verband außer der auf ein wenig Zerstreuung. Ich hatte das Gefühl, dass er etwas Fabulieren verkraften könnte, also log ich ihm vor, als die zwei Gläser auf einem weiß-blau karierten Tischtuch im Garten der Wirtschaft vor uns standen, dass ich Schriftstellerin sei. Ich spekulierte auf die Nachfrage, die auch kam. Darauf behauptete ich, ich schriebe an einer Geschichte, mit der ich nicht recht weiterkäme. Denn es gehe gerade darum, dass eine Frau ihren alten Liebhaber wiedertrifft und überlegt, mit ihm eine Zeitlang wegzufahren, also mit anderen Worten wieder etwas anzufangen.

«Was meinen Sie?», fragte ich. «Soll sie es ihrem Mann offenlegen oder nicht? Soll ich ein Drama daraus werden lassen, mit Reden, Gestehen und Tränen, oder eine stillschweigende Affäre? Ich finde Dramen leider meistens nur anstrengend und Affären lächerlich.» Er schien sich darüber zu amüsieren und meinte, wenn alle so dächten, würde der größte Teil der Weltliteratur nicht existieren. Da hatte er recht, aber ich konnte ihm nun schlecht sagen, dass ich gar nicht die Literatur gemeint hatte. Und schon fuhr er fort, dass das Decamerone wohl ein sehr dünnes Buch geworden wäre ohne Dramen und Affären, aber so sei darin alles, was sich in einem Menschenleben zutragen könne.

Er hatte mir bei meiner Entscheidung nicht geholfen, aber ich fühlte mich besser, es war großartig, so zu tun, als könnte ich die Sache ganz rational betrachten, weil ich mich kurz hineinspinnen konnte in das, was ich ihm angedreht hatte, also dass ich über so eine Entscheidung nur schreiben würde und nicht mittendrin steckte. Ich fühlte mich überhaupt nicht mehr schuldig oder unter Druck, sondern sah mir von außen zu, rückte die Laborbrille gerade und beugte mich über meinen eigenen kleinen Fall. Murmelte «interessant, sehr interessant, was wird sie wohl tun?», streichelte der armen Ratte kurz mit dem Zeigefinger über das Fell und wandte mich meinen Tabellen zu, ohne das Versuchsobjekt dabei aus den Augen zu lassen. «Nicht wahr?», sagte er, und ich nickte heftig, obwohl ich ihm kaum zugehört hatte und nur vage wusste, dass er vom Rennradfahren gesprochen hatte, von Alpenpässen, die er zäh und triumphierend überquert hatte, sein Fuß hinderte ihn offenbar nicht daran, aber es war dann auch viel um Kuchen gegangen, die er auf diesen Touren irgendwo in kleinen Orten auf Terrassen mit Aussicht verputzt hatte, «Nach dem Fahren darf man ja, aber Kuchenessen ist eigentlich unvernünftig, nicht wahr?» Dann erzählte er mir von seinen Geschäften, die mit Flugzeugbau und Carbon-Elementen zu tun hatten, und ich begann, mich zu langweilen. Ich hätte gern gewusst, warum er hinkte, aber ich wollte auf einmal nicht mehr fragen. Als es dämmerte, bedankte ich mich für den Wein, wünschte ihm alles Gute und verabschiedete mich. Auf dem Heimweg ermahnte ich mich, nicht mehr mit fremden Männern mitzugehen. Aber sollte ich mit Hans mitgehen?

Stefan fand zu Recht, ich sei überspannt und dass mir Urlaub guttäte. Er könne jetzt nicht weg wegen dem Projekt, aber ich solle doch ein paar Tage allein verreisen? Es war am Ende so einfach.

DAS ERZÄHLEN wird mir dringlicher, aber es wächst das Gefühl, besser vorsichtig zu sein. Wer sagt, dass ich mit meinem Geplapper nicht Dinge preisgebe, die anderen schaden können? Reiß dich zusammen, Margarethe, geh deine Räume ab, was soll dir dort passieren? Draußen sitzt eine Amsel mit spiegelschwarzen Augen.

Vorgestern habe ich mit der Harke die Erde vor der Hecke gelockert, es war auf einmal ungewöhnlich kalt und von Westen her windig. Ich trug ein Kopftuch und eine Jacke, eines der Kleidungsstücke, die man besitzt, weil man etwas braucht, das schmutzig werden kann. Ich mag praktische Dinge. Sie machen mir schon beim Kaufen Vergnügen. Die Jacke ist beige, weit und gesteppt. Ihre Unförmigkeit bietet Zuflucht.

Sie erinnert mich an etwas. Genau so waren meine Sweater in den Achtzigern. Als Kind war ich mutig gewesen, aber nun hatte ich lange Haare, die immer fettig waren, obwohl ich sie ständig wusch. Keiner sagte mir, dass man sich unter den Achseln rasieren kann, mein Gesicht war fleckig vor Unsicherheit. Eines Tages fragte mich ein Mädchen beim Sport, was ich an den Beinen hätte, da sah ich, dass der Schenkel von einer weißen Maserung überzogen war, kleinen Geweberissen vom Zunehmen. Ich ekelte mich. Danach trug ich nie mehr die kurzen Turnhosen und wurde bei jeder Gelegenheit rot, besonders in Anwesenheit erwachsener Männer. Ich begriff, dass ich jetzt anders angeschaut wurde, oder vielleicht bildete ich es mir ein, sogar die scheußlichsten Männer brachten mich jedenfalls zum Erröten, ich schämte mich, dass ich überhaupt da war. Ich tat, was erwartet wurde, ich lächelte. Ich lächelte und bot mich an, ich spürte, dass von mir, hässlich, wie ich war, eine gewisse Demut erwartet wurde, und hasste mich dafür. Aus diesem elenden Anbieten hat mich niemand gerettet, nur sie tat das, nur meine Schwester. Fiona hat sich nie angeboten. Deswegen kann ihr nur etwas Gewaltsames passiert sein.

Fiona war elegant, ganz von selber und nicht, weil sie sich so zurechtmachte. Von Zurechtmachen konnte bei ihr sowieso keine Rede sein, es war immer eher so, als hätte sie eine Rolle in einem Theaterstück im Kopf, wenn sie sich ausstaffierte. Abends trug sie manchmal den schwarzen, fließenden Seidenpyjama und darüber einen warmen Hauskaftan mit Pelzbesatz, den sie gekauft hatte, weil Franz von Lenbach so ein Ding auf einem Familienporträt trägt, das so aussieht, als seien alle vier, Eltern und die beiden Töchter, noch mitten in der Nacht vampirhaft wach, sagte Fiona. Sie verkleidete sich nicht im eigentlichen Sinn. Sie blieb immer Fiona. Eine Besucherin, die sich vorübergehend in ein Bild hineingemogelt hatte, auf dem zum Beispiel ein junger Mann mit Schnurrbart und Kniestrümpfen zu sehen war, der ihr gefiel. Oder in eine Zeit, als man an Drachen glaubte, oder in Geschichten, die mit gelbem Brokat zu tun haben. Sie war dann nur auf Reisen.

Mich dagegen hat Äußerliches früher nicht interessiert, obwohl es mir immer eine irritierende Lust bereitet hat, mich mit anderen zu vergleichen und die Möglichkeiten auszumalen. Ich habe immer besonders gern verglichen, wenn ich italienische Kirchen besuchte. Eigentlich gehe ich wegen der Kunst dorthin und weil ich früher oft an solchen Orten war.

Stefan hat für die Feinheiten der katholischen Welt wenig übrig, also ging ich auf unseren Reisen allein schauen. Fresken, Mosaiken, der ganze weltliche Prunk an einem Ort, an dem es um die letzten Dinge geht, das beruhigt mein Gemüt. Und wenn sich freundliche Marmorbischöfe über die Sichtachsen hinweg anlächeln, stelle ich mich dazwischen und winke ihnen zu. So gütige Gesichter sind draußen nicht oft zu finden. Es ist der Vorzug solcher Touristenkirchen, dass man Deutsche, Amerikanerinnen, Französinnen und Italienerinnen anschauen und sich ein Leben für sie ausdenken kann, je nachdem, was man in ihnen sieht. Und natürlich Japanerinnen, zu denen mir aber immer kein erfundenes Leben einfällt, weil ich nie in Japan war.

Dafür erinnere ich mich gut an die große Braunhaarige mit einem Kleid im Leoprint in der Bibliothek von Enea Silvio Piccolomini. Ich würde tippen: Deutsche. Das Kleid muss ein Urlaubskauf gewesen sein, etwas, das man sich erlaubt, weil man entspannt ist und Dinge ausprobiert.

Ich habe mir vorgestellt, wie ich es tragen würde, aber es würde mir nicht stehen. An der Frau in Enea Silvio Piccolominis Bibliothek aber hatte es einen erstaunlichen Effekt. Wie ein aus Versehen gesträubtes Fell trug sie das Kleid auf dem Körper, ein Versehen, das ihr zauberhaft stand. Die Brille gab etwas Strenges dazu. Ihr Mann, sie hatte einen, das sah man, man sieht das immer, ist vermutlich ein Langweiler, der das Leoprint toll findet, deswegen hat er ihr das Kleid gekauft, vielleicht sogar aufgeschwätzt, wofür sie ihn heimlich verachtet, obwohl sie sich jetzt selber gut findet in dieser Aufmachung. Männer und Frauen sehen nie die gleichen Dinge in Kleidern, das ist beruhigend. So schreitet sie in ihrem Fell über die Fliesen der Bibliothek, die ihrerseits wild gemustert sind mit entzückenden kleinen blau-weißen Halbmonden.

HANS HOLT MICH VOM ZUG AB. Während der Fahrt bin ich nervös wie ein junges Mädchen. Der Zug zuckelt auf einer einspurigen Trasse südwärts, und ich denke, dass meine Knie, Hüften und Arme Falten werfen, wenn ich ungünstig daliege. Wie Hans' Körper inzwischen aussieht, kann ich nicht sagen, ich habe bei unserem Treffen nicht darauf geachtet, aber diese Sache, die Zeit, kann auch an ihm nicht spurlos vorbeigegangen sein. Vielleicht will er ja auch einfach nur gute Gespräche führen.

Er träge Arbeitsschuhe und einen grauen kragenlosen Kittel, seine Atelier-Kleidung, nehme ich an. Es erinnert mich an einen Häftling. Früher hat er alte Hemden und Pullover aufgetragen, wenn er leimte, Zeug, das irgendwer in seiner Familie nicht mehr wollte oder aus dem Erdbeerkuchen-Flecken nicht herausgegangen waren. Die Sachen waren ihm zu weit oder zu eng gewesen, man konnte immer überrascht werden, wenn man ihn besuchte, einmal trug er tatsächlich eine weiße Rüschenbluse, wie ein Knabe, den man in den ersten Jahren als Mädchen kleidete. Er war so vertieft, dass er gar nicht merkte, wie ich ihn anstarrte, eine steile Falte stand auf seiner Stirn, weil er verschiedene Farbvarianten in den Kübeln vor sich angerührt hatte, weiß allesamt, aber doch jede anders, und das verlangte seine volle Konzentration. Ich habe ihn fotografiert in diesem Moment, in Schwarzweiß, er hat es nicht bemerkt. Man sieht deutlich den Unterschied zwischen den drei Tonmischungen auf seinem Probepapier, aber vor allem das strahlende Weiß der Rüschen, die ihm eng am Körper saßen. Er blühte auf diesem Bild, und ich habe es ihm nie gezeigt. Jetzt ist alles streng an seiner Kleidung, dafür wirkt er geduldiger als früher, und ich bemerke bald, dass er den kragenlosen Kittel nicht nur als Arbeitskleidung trägt, sondern davon gleich fünf oder sechs Stück besitzt, sodass er unterschiedslos immer so herumläuft wie im Atelier. Ich habe selber nie Rüschen getragen, aber an ihm vermisse ich sie.

Er lädt meine Tasche in den Kofferraum seines E-Autos, und wir surren durch den Ort. Ich habe mich nie daran gewöhnen können, an diese Stille in der Bewegung, obwohl ich es phantastisch fand, als ich eines Tages bemerkte, dass die Straßen in der Stadt ruhig waren, trotz der Autos. Fortkommen war für mich immer mit Geknatter oder anderem Krach verbunden gewesen, bei meinem Kinderfahrrad hatte das Pedal am Schutzblech gewetzt, Beschleunigung war ein Geräusch aus einem gemeinen Schleifen im schneller werdenden Rhythmus genau wie mein Herzpumpen. Rollschuhe quietschten. Mein erstes Auto war ein französischer Benziner und machte bei steigender Geschwindigkeit so viel Lärm, dass man sich darin kaum unterhalten konnte. Dazu offene Fenster und der Krach, der von draußen und drinnen kam und aus dem Kassettenrekorder, den man als Ganzes herausziehen und mitnehmen konnte.

Jetzt ist alles anders, Hans in der strengen Kleidung, das klimatisierte Auto, das flüstert, obwohl wir schnell fahren. Nicht weit weg beginnen die Berge, sie scheinen mir als Einziges seltsam unverändert. Hundertzwanzig Jahre vorher ist mein Großvater aus diesen Bergen gekommen, er fiel gewissermaßen aus ihnen heraus, um draußen in der Welt Komponist zu werden, es muss irgendwo dahinten gewesen sein, wo man einen Talausgang vermuten kann, es ist mir so, als sei mein Großvater Siegfried der erste Mensch gewesen, der auf die Welt gefallen ist, aus den Bergen heraus, die damals genauso ausgesehen haben wie jetzt. Sie sind gleichgültig, sie haben ihn vergessen, der aus ihnen herauskam, es ist, als hätte er nie gelebt, nur ich habe ihn nicht vergessen, sein wundersames Leben, das keine Spuren hinterlassen hat. Vielleicht zum letzten Mal in der Geschichte verschwanden Menschen ohne ein Datenpaket als Hinterlassenschaft, aus der man für alle Ewigkeit alles erfahren konnte, nur ist das Interesse jetzt kein persönliches mehr, sondern trägt bei zum großen Verbesserungsprozess. Schau mal, das war deine Uroma, als sie im Alter von 35 Jahren versuchte, mit einem vielversprechenden feministischen Blog über Gemüseanbau eine Marktlücke zu schließen. Kinder gähnen da. Maschinen langweilen sich nicht, sie fressen Daten, ohne zu klagen, aber sie behalten auch keine sentimentalen Erinnerungen, wie man sie Kindern durch das ständige Erzählen einpflanzt. Dahinten sind die Berge. Aus den Bergen ist Siegfried gekommen. Er ist nicht mehr da. Ich vermisse ihn. Male ihn mir aus. Ziehe ihm eine Rüschenbluse an, probehalber, weil das bei Hans, den ich geliebt hatte, ja auch gut ausgesehen hatte. Sehe Siegfrieds Gesicht drohend werden, weil er, obwohl Künstler, keine Rüschenblusen anziehen will. Ich lasse ihn in Frieden damit. Winke ihm zu an der Stelle, an der er aus den Bergen heraus auf die Welt gefallen ist, und höre jetzt wieder auf das Surren des Wagens, in dem wir unter einem elektrisch blauen Föhnhimmel durch diese Voralpenhügel fahren, und spüre plötzlich wieder die Verwirrung, dass Hans neben mir ist.

Wir erreichen die Stadt, durchqueren eine neue Wohnsiedlung und kommen in den Teil, in dem sich die Bausubstanz des zwanzigsten Jahrhunderts erhalten hat. Hans lenkt den Wagen mit dem Schwung aus einer anderen Zeit weg von der Straße in eine Einfahrt. «Da sind wir.» Er hat mit dem Stipendium eine Etagenwohnung aus den sechziger Jahren im fünften Stock eines Wohnblocks bekommen, ein runder Tisch in der Küche, die zu einem kleinen Balkon herausgeht, beige Fliesen mit braunen Blumen darauf, kein Mensch baut noch so oder würde so wohnen wollen. Hans hat seine Entwürfe mit Reißnägeln an die tapezierten Wände gesteckt, im größten Raum, dem Schlafzimmer, liegt eine Matratze am Boden und seine Wäsche gefaltet auf zwei Stühlen, er hat die Zimmer weitgehend leergeräumt und auch ein nussbraunes Ehebett auseinandergeschraubt; das Wohnzimmer benutzt er als Stauraum für die Möbel. Wir stehen in der Küche, die von der Abendsonne aufgeheizt wird. Links von uns liegt die Bergkette in einem milden, plastischen Licht. Wir schweigen. «Willst du Kaffee?», fragt er, ich erinnere mich an sein Fertigpulvergebräu von früher. Ich fühle mich fremd hier, aus meinem Leben gerissen, als wäre ich auf einmal jemand anderer. Beinah hätte ich gesagt, ich will weg, aber dann kommt Hans, den ich so lange nicht gespürt habe, schnell um den Tisch herum, legt seine Arme um mich, riecht so gut, wie Hans immer gerochen hat, und erst jetzt werde ich von dem übergroßen Vermissen überflutet, das ich mir die ganzen Jahre über nie erlaubt habe. Mir bleibt die Luft weg, auch weil er mich so fest drückt, dann fangen wir vorsichtig an, uns zu küssen. Einmal, zweimal, es dauert, bis es sich wieder vertraut anfühlt. Ich muss mir fest vorsagen, dass wir nicht mehr fünfundzwanzig sind, denn genau danach fühlt es sich an, nach einem verrückt großen Risiko. Hinterher liegen wir nackt und gemächlich zusammen, ich habe wie früher den Kopf auf seinen Schoß gelegt, der vom Duschen leicht feucht ist, auf die wolligen gelockten Haare dort, die aussehen wie auf einer Rötelzeichnung des 16. Jahrhunderts.

Es war nach den ersten atemlosen Malen fast wie bei einem alten Paar. Herbstlich, dachte ich, alles leuchtete golden und schien beinah vollendet. Wir holten nach. Wir wachten zusammen auf, aßen zusammen, lagen zusammen, wenn wir lasen. Ich kochte und schrieb, während er öfter fort war und in einer Halle an den Skulpturen arbeitete. Ich war innerlich so ruhig wie nie zuvor. Wir hatten so viel Zeit ohneeinander verbracht, dass mir das Herz und die Fingerspitzen weh taten, wenn ich daran dachte. Er erzählte mir, dass er verheiratet war, was mich kurz traf, aber was wollte ich, schließlich hatte ich ihm vorher auch nichts von Stefan gesagt. Es war auch nicht wichtig. Wir waren zusammen. Auf den Rest würden wir später eine Antwort finden. Oder auch nicht.

Lange sagte ich ihm nichts von Fiona. Als ich es dann doch tat, war es so schmerzvoll, wie ich es erwartet hatte, denn ich musste die ganze Zeit daran denken, dass er sie gekannt hatte, dass sie einmal an einem Abend, als wir alle etwas betrunken im Gras in der Dunkelheit lagen, plötzlich auf die Seite gerollt war und ihn geküsst hatte, aber dann bemerkte, dass es der Falsche war, und ich vermisste sie noch stärker als sonst. «Ich weiß nicht, warum sie mich verlassen hat», das sagte ich. Was ich außerdem noch sagte, habe ich vergessen. Weil ich es vergessen will.

Wir unternahmen viel in diesen Tagen. Hans ließ die Arbeit schleifen. Einmal fuhren wir auf der Straße den Fluss hoch bis zu der Stadt, aus der wir beide kamen. Die Straße verlief entlang der alten Bahnlinie, mit der Siegfried, als er aus den Bergen in die Welt herausgefallen war, diese Stadt erreicht hatte. Für uns aber war es eine Rückkehr, wie unser gesamtes Zusammensein eine Rückkehr war, nur fügten wir getrennte Erinnerungen zusammen an Orte, an denen wir vorher noch nie gemeinsam gewesen waren, erzählten uns zweistimmig von unserem Aufwachsen dort. Wir liefen Hand in Hand den Abhang zum Eisstadion hinunter, das mitten zwischen Gründerzeitvillen hineingebaut worden war. Er war im letzten Schulwinter oft hergekommen, sagte Hans, wenn er am Nachmittag gelernt hatte und es darüber Nacht geworden war, mit den Schlittschuhen übergehängt, kanadische Schlittschuhe aus Leder, er ging zum Schuhewechseln in die Holzbaracke neben der Übungs-Eisfläche, die ich auch kannte, weil ich dort ein paar Jahre später mit meinen Freundinnen gewesen war, es war die kleinere Fläche neben dem eigentlichen Stadion, auf dem Gang zwischen den Bänken lag in der Baracke ein Gummiteppich, über den man mit den Schlittschuhen an den Füßen hinausstakste, draußen bewegten sich die Eisläufer alle in die gleiche Richtung gegen den Uhrzeigersinn an den Banden entlang, es gab Musik aus Lautsprechern, Stücke aus den Radiocharts und Schnulzen, und in der Nähe des Einstiegs roch es nach Wiener Würstchen, die am Verkaufsstand der Baracke in einem großen Topf lagen. Es dampfte in die kalte Nacht, ich glaube mich an die säuerliche Süße von Glühweinschwaden zu erinnern, an Kinder mit bunten Gummischlangen in den Händen, der Lauf ging bis neun Uhr, und keines war nach Hause zu bringen, solange die Musik lief, der Topf dampfte, die Flutlichter über der Eisfläche nicht ausgingen.

Wir erzählten uns von Wohngemeinschaften in den alleengesäumten Arbeiterquartieren am Stadtbach, vom Industrieschnee, der an einer gewissen Stelle nördlich der Stadt niedergeht und dann da liegt wie ein Rätsel, vom rasenden Quietschen und Funkenschlagen der Straßenbahn, von den Gemüseläden in der Vorstadt am frühen Abend, vom Baden im Fluss Ende August, wenn es wieder früher dunkel wird; von einem enormen Uhu, der nachts zwischen den Giebeln der überhohen Bürgerhäuser saß und uns mit seinen gelben Augen erschreckte; von dem langhaarigen Buchhändler R., der jeden Abend in einem dunkelroten Strickpullover aus rechten Maschen aus dem Geschäft trat und nach Hause ging und der uns allen beigebracht hatte, was man lesen musste, um vernünftig zu werden. Wir übernachteten auf dieser Reise in einer Pension mit dünnen Holzwänden, die vom Tag warm waren, und während ich jetzt in diesem Haus meinen Erinnerungsraum mit diesem Bild fülle, ist Hans wieder da, wie er am Abend ohne Hemd in der Hitze auf dem Bett liegt und alt und jung zugleich aussieht.

Unsere Erinnerung stirbt mit uns, dachten wir damals. Niemand würde je wissen, dass wir glücklich waren. Die Melancholie aus diesem Gedanken steigerte unsere Gier nach nichts als Gegenwart, nach einer übergroßen Fülle, die nur uns gehörte. Ich bemerkte, diese Fülle glich meiner Herrlichkeit. Nur dass wir dort zu zweit waren, in der Erinnerung und der Gegenwart und in der Herrlichkeit, die doch sonst nur für einen in seinem Alleinsein gedacht war. Ich staunte.

Am Tag vor meiner Abreise fragte ich ihn doch. Ich wollte etwas hören von seinem Leben und von seiner Frau. Vielleicht, dass er sie liebte. Ich wollte etwas hören, das mich leichter von ihm wegtrieb. Wir saßen noch einmal auf dem Balkon, es war fast unmöglich, nicht ständig daran zu denken, dass wir uns am nächsten Tag trennen würden, fast unmöglich, nicht zu rufen: Nein! Halt! Also versuchte ich, stattdessen nach vorne zu beschleunigen, nichts festhalten zu wollen, sondern es jetzt gleich herzugeben, dieses Kostbare, egal wie es sich anfühlen würde. Egal ob ich uns damit die letzten Stunden nahm.

Also fragte ich nach Marie. Genauer gesagt wusste ich ihren Namen gar nicht, sondern ich fragte: «Wie ist deine Frau?» Hans schaute mich an mit einem Blick, der sagte: Tu das jetzt nicht. Nicht jetzt. Aber ich sagte: «Doch. Ich will es wissen.» Und in diesem Moment fiel mir auf, dass ich mir nicht nur die gerade entstehende Erinnerung an einen letzten Abend schon jetzt aus meinem Herz reißen wollte, sondern dass ich wirklich neugierig war. Sogar noch mehr neugierig als eifersüchtig. Was dachte ich mir bloß dabei? War ich mir so sicher mit Hans, dass ich glaubte, seine Frau könnte mir, könnte uns nichts anhaben? Dachte ich, dass Marie und ich, da wir denselben Mann liebten, vielleicht gar nicht so unterschiedlich sein könnten? Dass wir Freundinnen werden würden, irgendwie? Dass sie akzeptieren würde, dass Hans und ich uns liebten? Dass wir vielleicht auch Stefan noch dazuholen, uns zusammen ein Haus auf dem Land kaufen und glücklich zu viert alt werden könnten? Es war ein seltsamer Abend, vielleicht habe ich tatsächlich etwas in diese Richtung gedacht.

Hans schaut immer noch gequält, aber er holt sein Handy und zeigt mir ein Foto. Marie hat die Hände am Lenker eines Fahrrads. Sie posiert nicht für das Bild, sondern scheint vielmehr der Person, die sie gerade aufnimmt, etwas zu sagen. Ich habe nichts Bestimmtes erwartet, weder dass ich Hans' Frau mögen noch dass ich sie nicht mögen würde. Eigentlich bin ich, obwohl ich danach gefragt habe, überhaupt nicht darauf gefasst, einen Menschen zu sehen, der wirklich existiert. Ich habe gedacht, dass ich ihr Aussehen zur Kenntnis nehmen würde und fortan ein Bild von der Person hätte, die statt meiner in Hans' Nähe war. Aber Marie ist nicht so einfach nur zur Kenntnis zu nehmen.

Es war ein rätselhaftes Bild. Sie hatte hellbraune glatte Haare, die ihr quer über die Stirn wehten. Trotzdem war es kein heiteres Ausflugsbild, keines, bei dem man dachte, gleich würde das Picknick auf einer Decke ausgebreitet. Marie schaute ernst, fast zornig. Zu zornig für die Schönheit, die um sie flimmerte? Warum war ein so schöner Mensch, der noch dazu Hans hatte, so dunkel umschattet? Es fiel mir schwer, mir Hans und sie zusammen vorzustellen. Sie sah nicht so aus, als ob sie überhaupt jemanden brauchte oder zu jemandem gehörte.

Sie hatten sich bei der Ausstellungseröffnung eines Freundes kennengelernt. Marie malte. Mit Öl und gegenständlich. Sie malte Landschaften, was zu Hans' Akademie-Zeiten als extrem schlimm galt. Aber diese Zeiten waren, als sie sich kennenlernten, schon fünfzehn Jahre her. Hans war fasziniert von ihrer Unbeirrtheit und von ihrer Jugend. Er war geschmeichelt, dass sie sich für ihn interessierte, und da sie auf unterschiedlichen Gebieten arbeiteten, war sie keine unmittelbare Konkurrenz. Denn das hatte Hans schnell begriffen: dass dieses Mädchen, dessen Vater ein hoher Regierungsbeamter war und das deshalb mit Theater- und Konzertbesuchen aufgewachsen war, mit Empfängen, zu denen er sie früh mitnahm und bei denen sie hübsch aussah, als intelligent befunden wurde und die Bekanntschaft einflussreicher Leute machte, dass es dieses Mädchen schnell weit bringen würde. Sie war noch nicht mit der Ausbildung fertig, da hatte schon eine Frauenzeitschrift über die schöne, talentierte Malerin geschrieben. Reiche Leute kauften ihre Bilder, erst Freunde ihres Vaters, später diejenigen, die Maries Bilder in den Villen dieser Freunde gesehen hatten. Ihre Landschaften waren bis zu einem bestimmten Punkt gefällig, aber doch so eigenwillig, dass sie keinesfalls als dekorativ durchgingen, sondern Auseinandersetzung forderten, ein klagender Vogel, ein nackter Mensch. Es lief alles auf eine ungewöhnlich lukrative Karriere hinaus, dann kam der Bruch.

Es war, als ob Marie von einem Tag auf den anderen genug hatte von den Leuten, die ihre Bilder wollten. Sie antwortete nicht mehr auf Nachrichten, nahm keine Aufträge mehr an, ging nicht ans Telefon. Sie schnitt sich die Haare bis zu den Ohren ab und sah jetzt zwischen ihren gemalten Landschaften aus wie ein Mädchen auf den Bildern von Otto Mueller. An diesem Punkt von Hans' Schilderung spürte ich sehr deutlich Eifersucht. Aber Marie kämpfte mit etwas, das sie ihm nicht sagte. Er hielt es zunächst für einen extremen künstlerischen Prozess, so etwas hatte er zwar nicht selbst, aber bei anderen schon erlebt. Er kochte ihr Suppe, brachte ihr Salzgebäck und ließ sie allein im Atelier, das sie kaum noch verließ. Er war nicht wirklich besorgt, aber er fühlte sich nutzlos.

Hans war ins Reden gekommen, jetzt unterbrach er sich: «Findest du es schlimm, dass ich dir das alles erzähle?»
«Warum, ich habe doch gefragt», sagte ich und drückte

mich damit um die Antwort herum. Mehr noch, als ich es schlimm fand, wollte ich, dass er weitererzählte.

Nach einiger Zeit schien es Marie besserzugehen. Sie kam zum Schlafen wieder nach Hause, aß regelmäßig, trank sogar manchmal einen Schluck Wein mit ihm. Doch sie vernichtete alles Luxuriöse, das sie vom Erlös ihrer Bilder angeschafft hatte. Sie zerschlug kontrolliert über dem Müllcontainer eine große Tischlampe aus hellblauem Glas, zerschnitt mit dem Teppichmesser einen Mantel von Proenza Schouler, beseitigte vollständig die Smart-Home-Steuerung, die sie ein halbes Jahr zuvor hatte installieren lassen. Er habe sich keine großen Sorgen gemacht, sagte Hans, sondern das eher amüsiert immer noch als einen etwas radikal geratenen Befreiungsschlag für eine neue Schaffensphase angesehen.

Als er sie dann einmal nach längerem im Atelier besuchte, war er dennoch erstaunt. Sie hatte ihre früheren Bilder nicht zerstört, wie er es erwartet hatte, sondern nur teilweise übermalt. Die eleganten Landschaften, die ihre Käufer so interessant gefunden hatten, wirkten jetzt anders. Die Pflanzen, die sie gemalt hatte, waren zur einen Hälfte genau wie zuvor, die andere Hälfte hatte Marie so ergänzt, dass sie aufklappten und das Innere zeigten, an manchen Stellen waren die Bäume auch in verschiedenen Zuständen zu sehen, mit Blüten und Früchten, wie in einem Botanikbuch. Zuweilen standen seltsame kleine metallene Quader in den Wiesen.

Sie erklärte ihm, dass genau das Publikum, dem sie ihren Erfolg verdanke, jetzt ihre Entwicklung blockiere. Sie müsse da weg. Komplett, sagte sie. Es habe aber nicht irre gewirkt, sondern wie viele Male durchdacht. Sie sei der Überzeugung, dass sie, um etwas zu schaffen, momentan zumindest, nicht ihre Phantasie nutzen könne, denn die sei zu sehr beeinflusst von einer ganzen Welt aus Reproduktionen. Nein, sie müsse zu einem Ursprung finden, zu etwas quasi Botanischem, sie müsse mit einem Wort so lange beobachten, bis sie etwas finde, das sie nicht verstehe und das ihr zutiefst fremd sei. Nur das sei es wert, abgebildet zu werden. Wenige Tage später kündigte sie an, für eine Weile in eine Land-WG im Osten zu ziehen. Freunde von ihr hatten sich dort niedergelassen, Maler, Illustratoren und Musiker, das waren früher echt Spinner, sagte Marie, aber es seien lustige Spinner, Selbstversorger, sie machten Kinder ohne Ende und liefen selber in Kinderklamotten rum, Latzhosen, bunten runden Schuhen, Filzhüten. Ganz, ganz schrecklich habe sie das immer gefunden, das wisse er ja, aber jetzt hoffe sie, dort den Faden wiederzufinden, den sie in ihrer Arbeit verloren habe. Hans hatte nie viel von Freiluftmalerei gehalten, und genau danach klang ihm die ganze Sache, aber er sagte nichts und ließ sie ziehen. Was konnte da draußen schon passieren, außer dass sie sich erkältete und schreckliche Bilder malte?

Inzwischen aber, wenn sie von dort für ein paar Tage zurückkam, ging es plötzlich um ganz andere Sachen. Die lustigen Spinner hatten nach ein paar beflügelnden Versuchen mit Digital Detox beschlossen, sich vom World

Wide Web abzukoppeln. Das war kein Spaß. Eine Wohngenossin, die darüber sofort einen Text für eine Wochenzeitung schrieb, wurde umgehend aus der Gemeinschaft ausgeschlossen, berichtete Marie. Und nun gehe es darum, ob man diesen endgültigen Schritt zusammen tun wolle, auch darum, was das für die Kinder bedeute, keine digitalen Daten, weder rein noch raus, es sei jetzt vor der großen Regulierung und der Einführung der E-Identität die letzte Gelegenheit, unterzutauchen, Profile zu löschen oder Spuren zu verwischen, damit man in der Spiegelwelt nicht mehr gefunden werden konnte, nein, korrigierte sie sich, es gehe genauer gesagt darum, dass gar niemand Daten über dich sucht, weil du nie existiert hast. Also kein Social-Profil mit deinem Namen, das deine Freunde verrät und aus dem Umfeld, mit dem du dich umgibst, deinen Status erkennen lässt. Kein Bestellkonto, aus dem hervorgeht, wie sich deine Kleidergröße und dein Geschmack verändert haben, wie hoch demnach dein Einkommen sein muss oder ob du dazu neigst, zu fett zu essen. Keine Rabatte bei den Krankenkassen für die kontinuierliche Übermittlung von Gewicht und Herz-Kreislauf-Daten.

Hans fand das übertrieben, und er sagte ihr das. Außerdem sei es unrealistisch. Wie solle das denn gehen, sich aus der Datenverarbeitung der Behörden herauszulöschen? Aus der digitalen Logistik der Gesundheitsversorgung? Sollten die Kinder der Kinderklamottenträger dann nicht mehr zur Schule und, wenn sie krank wurden, durch Handauflegen geheilt werden? Marie habe darauf nur gesagt, dass sie auch noch nicht genau wisse, wie sich das alles verwirklichen lasse. Aber sie sei absolut davon überzeugt, dass das Ziel richtig sei, dass man sich abkoppeln müsse, wenn man nicht zum puren Material werden wollte, also dem Gegenteil eines schaffenden Menschen. Hans hatte ein komisches Gefühl bei der Sache, und sie stritten sich auch wegen Maries neuer Überzeugungen, sagte er. Ihm sei die Radikalität suspekt, mit der Marie plötzlich sprach. Er habe sich gefragt, ob es mit dem Altersunterschied zwischen ihnen zu tun haben könnte.

Denn je älter er werde, desto wohler sei ihm bei dem Gedanken, dass sich die Dringlichkeit, von ihm aus auch Radikalität seiner Jugend verflüchtigt hatte. Das ständige Gefühl, Entscheidungen von existenzieller Bedeutung treffen zu müssen. Einmal habe er sich vor Jahren sogar an einen Baum gekettet, der für einen Parkplatz gefällt werden sollte, er hatte sich jahrelang die Haare ohne Shampoo gewaschen wegen der Tenside, in Wackersdorf demonstriert und es als Ehrensache empfunden, bei Punkkonzerten in der Provinz vor den garantiert anrückenden Neonazis nicht davonzulaufen, auch wenn er Angst hatte. Ja, es komme ihm oft geradezu irrsinnig vor, wie er das heute alles wegdrücken könne. Die Dringlichkeit.

Er habe immer Menschen bewundert, die von Natur aus nicht radikal, sondern einverstanden mit der Welt waren, friedlich und dabei nicht weniger redlich als diejenigen, die sich und anderen so viel Drama abverlangten. Leute, die segeln gingen und große Familien gründeten, in denen es heiter und gut zuging. Und jetzt, beim Älterwerden, betrachte er sich mehr und mehr als so einen friedlich gewordenen Menschen, versöhnt mit dem, was er war, versöhnt sogar mit dem, was das Leben ihm zugedacht hatte.

Es drängte ihn also zur Ruhe, zur Zufriedenheit wie zu einem Ausruhen nach einem langen Weg. Wie er es schon gesagt habe, er schrieb das seinem Alter zu und finde diesen Zustand sozusagen rechtens, und wenn er sich diese kragenlosen Arbeitshemden zugelegt habe, er hätte schon gesehen, wie ich geschaut habe, sei es genau darum gegangen. Ein Zurechtlegen von äußerer Ordnung und Materialien, die ihm Wohlsein verschafften ohne großen Aufwand, ein Friedenschließen mit den eigenen Vorlieben und Bedürfnissen, die man nicht mehr allen möglichen Fragen aussetzen musste. Und ausgerechnet jetzt, wo er beinahe so ein Mensch geworden war, wie er immer einer hatte sein wollen, kam Marie mit ihrer Unruhe daher.

Und zwar mit einer Unruhe, die sie nicht für sich selbst und in ihrer Arbeit behielt, sondern die sie sozusagen als allgemeine Pflicht betrachtete. Und seither komme ihm sein neues Einverstandensein mit dem Leben nun völlig fehl am Platz vor. Er könne nicht einmal ausschließen, dass er einfach diesen guten Zustand zu einer Zeit in der Geschichte erreicht hatte, in der man ihn sich nicht leisten konnte. Oder besser gesagt zu einer Zeit, die womöglich zu der Einsicht führen könnte, dass dieses Behagen, nach dem er sich vage gesehnt und dem er sich nun angenähert hatte, jetzt einen ganz anderen Drall bekam, einen, bei dem er sich nicht wohl und nicht redlich fühlen könne, einen, der nach Dummheit und Bewusstlosigkeit schmeckte, und deshalb fühle er sich, wenn Marie so rede, beinahe um etwas betrogen.

«Und ich meine nicht die schönen kragenlosen Hemden, das weißt du.» Hans zog an seiner Zigarette und starrte in die Nacht, als wäre er der Dunkelheit böse.

Er gebe ja sogar zu, dass ihn die Arbeit an dem Skulpturenprojekt zu einem Skeptiker gemacht habe. Zumindest frage er sich, ob es nicht unglaublich naiv sei zu meinen, dass die Konzerne, die jetzt die Systeme für staatliche E-Identitäten entwickelten, die Datensätze der Behörden nicht kopieren und für ihre eigenen Zwecke nutzen würden. Und man spreche hier immerhin von allen persönlichen Daten, die man sich vorstellen könne. Von seinen künstlerischen und grundsätzlichen Bedenken gegen eine Rückführung aller Dinge auf Null und Eins ganz zu schweigen.

Aber untertauchen, Spuren verwischen, das seien Begriffe wie von IS-Kämpfern oder von Terroristen aus den siebziger Jahren des vergangenen Jahrhunderts, die halt schön dramatisch klangen. Dabei ging es hier doch im Grunde um Kartoffelanbau. Na gut, auch um die Kunst. Aber Marie tauge einfach so gar nicht zum Landleben und zur Gabriele Münter. Sie sei ihm jetzt manchmal fremd, fremder, als sie es wegen ihrer Jugend ohnehin immer gewesen sei.

Ich war zu meiner Überraschung nicht zufrieden mit dieser Antwort. Ich hätte erleichtert sein können, dass die andere Frau sich von ihm entfernte. Aber aus irgendeinem Grund stand ich auf Maries Seite. Hieß das, dass ich nicht auf seiner stand? Was hatte ich überhaupt da zu suchen, auf seiner Seite? Nichts, wenn man es genau nahm. Und auf einmal wollte ich es gern genau nehmen, so wie Marie es genau nahm mit ihrem Blick auf die Welt und den Konsequenzen, die sie daraus zog.

Was redeten wir hier vom Untertauchen?, dachte ich. Wir hatten uns selber zwei Wochen lang versteckt, und ich konnte niemandem davon erzählen. Wir liebten uns, aber es gab mich gar nicht. Ich war doch nur ein Gespenst. Ich fühlte mich auf einmal, als sollte ich besser vom Erdboden verschwinden. Er dachte an Marie, und ich dachte an Stefan. Vielleicht war es irgendwann einfach zu spät dafür zusammenzuleben, selbst dann, wenn man füreinander bestimmt war wie Hans und ich. Vielleicht ist die Zeit ein großer Vernichter nicht nur der Körper, sondern auch der Seelen.

«Nein!», sagte ich laut in die Nacht hinein.

Aber wir hatten keine Antwort. So trennten wir uns zum zweiten Mal.

Seither habe ich nichts mehr von Hans gehört, auch das Netz gibt keine neuen Informationen über ihn preis, was mich nicht erstaunt hat. Es gibt keine Daten mehr. Ab und zu kommt ein Brief ohne Absender, darin ist ein gefaltetes Blatt mit Zeichnungen. Sie sehen aus wie Comics. Wenn ich richtig verstehe, hat Marie ein kleines Mädchen geboren. Ich weiß nicht, wo sie sind. Und wenn ich es wüsste, würde ich es nicht verraten.

ICH GRABE DEN GARTEN UM, und der Gedanke an eine Erdbestattung kommt mir nicht mehr so bizarr vor. Ich gewöhne mich daran. Dabei kann ich schon lange nicht einmal eine Mumie sehen, ohne dass ich innerlich ins Bodenlose falle. Dieses Übereinanderblenden von Mensch und dann Kein-Mensch-mehr. Warum ertragen die anderen das?

Eine Erinnerung kommt, dann ein Kopfschmerz, fast ein elektrischer Schlag, wie ich es jetzt öfter habe. Es ist Frühling, die Erde ist noch nicht lange ohne Frost. Eine Kinderbande. Fünfjährige Buben und Mädchen schauen einem Bagger zu, der um die Kapelle in der Nachbarschaft einen Graben aushebt. Gemähter Rasen, gestreifte Markisen, die Pools werden bald eingelassen, und auf der Schaufel des Baggers liegt auf einmal ein Skelett. Er hat es mit der Erde herausgehoben, an dieser Stelle sollte kein Skelett liegen, das Gräberfeld des aufgelassenen Friedhofs wird auf der anderen Seite der Kapelle vermutet. Erschrak der Baggerfahrer? Keine Erinnerung. Ich sehe unsere Gesichter, die auf gelbe, porige Knochen schauen. Keiner schreit oder läuft davon oder ekelt sich. Die Welt bleibt unverändert, Rasenmäher laufen weiter, Geruch dunkler aufgeworfener Erde, die Steine darin, die gelbe Wand der Kapelle und die Knochen im Bagger. Der poröse, mit Erde verklebte Schädel. Wir haben so etwas noch nie gesehen, aber für uns ist es nur ein Ding.

Wird ein Toter, dessen Erinnerung als Daten-Kopie neben ihm bestattet wird, frage ich mich, ehrfurchtgebietender sein als einfach ein kaputter Körper? Mein eigener Körper hat eine robuste Gesundheit, er hält lange Läufe mit Leichtigkeit aus, und obwohl ich Schultern so schmal wie ein Kind habe, kann ich boxen, wenn mir jemand dumm kommt. Ich finde das beruhigend. Aber ich sehe ein, diese Art der Verteidigung hilft mir nicht mehr. Muskeln, Stoff, Masse, Körper, Lehm, solche Dinge werden keine Kämpfe mehr entscheiden.

Ist es wahr, dass ich das alles nur mir selber erzähle? Mit mir passiert etwas, das ich nicht steuern kann und das mehr ist als ein seltsamer Traum. Es geschieht langsam und gegen meinen konzentrierten Widerstand. Ich habe mich lange gewehrt, und ich habe noch Kraft. Aber ich werde nicht mehr viel Zeit haben.

Die Beruhigung, von der Hans gesprochen hatte. Am Ende führten viele Dinge dazu, dass ich ihr misstraute. Einige davon, das ist klar geworden, befinden sich in den Räumen hinter mir, die ich mit meinem Gewehr verteidige. Einer ist leer. Konrad.

ZU KONRAD HATTE ICH keinen Kontakt mehr gehabt. Auf einmal spürte ich die Unruhe in mir, dass ich zu ihm müsste. Er hatte sich kurz nach Fionas Verschwinden entmondialisiert, lange bevor die Gerüchte von Alleingängern aufkamen. Im Grunde hatte er sich schon immer geweigert, Teil der Welt zu sein, die andere normal und richtig fanden. Jetzt lebte er als Schäfer und trieb seine Herde durch die spärlich besiedelte Ebene im Westen. Mehr wusste ich nicht. Abfragen konnte ich ihn nicht, es gab keinen Datensatz mehr von ihm. Ich musste losfahren und ihn suchen, wenn ich herausfinden wollte, ob er etwas wusste.

Bei meiner Reise zu Konrad wurde mir bewusst, dass die äußere Welt sich schnell und grundlegend verwandelte. Von Robotern gesteuerte Logistikzentren waren ins Land gebaut worden, ganze Gegenden hatte man umgewandelt in eine einzige Lagerfläche, aus der Bestellungen mit Drohnen schnell an ihr Ziel kamen. Die langen Containerreihen, vor denen Männer und Frauen in Arbeitskleidung saßen, mussten Wohneinheiten sein. Es war eine enorme Landschaft entstanden, riesig, ungestaltet, hell beleuchtet. Nicht für den menschlichen Blick gedacht, eher wie eine Mechanik hinter der Bühne.

Ich hatte einen Wagen gemietet. Es dauerte eine Weile, bis ich einen Verleih fand, der keine E-Identität verlangte. Aber etwas hielt mich davon ab, diese Reise in meinem amtlichen Datensatz sichtbar zu machen. Als ich eine Firma gefunden hatte, musterte mich der Angestellte so, dass es mir unangenehm war. Er fand mein Verhalten verdächtig, weil ich mich der Kontrolle entzog. Ich bekam den Schlüssel für einen blauen Wagen mit einer Ladefläche im Heck und teilfossilem Antrieb, ein Modell, das man im normalen Verleih nicht mehr einsetzte. Er machte sich nicht die Mühe, mit mir zu dem Auto zu gehen und Videoaufnahmen zu machen, sondern wies nur aus der verglasten Fensterfront zum Hof und nannte mir die Nummer des Stellplatzes. Ich setzte mich in den Wagen, zog die Tür zu. Der Innenraum war unverkleidetes Blech, schwacher Zigarettengeruch hing in den Sitzen, kein Navigationsgerät, nur ein UKW-Radio, für das es kein Signal mehr gab, und eine zerblätterte, bestimmt dreißig Jahre alte Straßenkarte. In dem Kasten hinten könnte ich sogar schlafen, stellte ich fest, was meinen Plänen entgegenkam.

Regen schlug gegen die Scheiben, als ich aufbrach, ein nasser Tag mit grauem Himmel, der schwer über der Autobahn lag. Die zwei Spuren für fahrerlose Lastentransporter waren eng besetzt und versperrten immer wieder den Blick auf die Gegend. Nach einer Weile wurde der Regen schwächer, der Horizont im Westen heller. Aber es riss nicht auf, sondern es wehten nur unter dem Grau einige Wolkenfetzen tief dahin. Ich fuhr etwa drei Stunden lang, bis ich den einsamsten Teil der Ebene erreicht hatte, und bog von der Autobahn ab. Es waren kaum Ortschaften zu sehen, nur Felder und Pappelalleen. Die Dörfer lagen weit auseinander und unterschieden sich, als ich nach und nach einige durchfuhr, kaum vom Zustand in der analogen Zeit. Die meisten Häuser stammten aus den achtziger Jahren, einige Höfe noch aus dem neunzehnten Jahrhundert. Die Energienachrüstungen daran machten einen trostlosen Eindruck. Kameras waren so spärlich verteilt, dass sie unmöglich viel übermitteln konnten. Mein Handy hatte ich mit Absicht zu Hause gelassen, ich würde mich durchfragen. Ich hoffte, wenn ich auf eine Herde träfe, wüsste der Schäfer vielleicht, wo ich Konrad finden konnte. Aber in dem windigen Grün, das ich von der Straße aus sehen konnte, war nichts zu erkennen, kein Mensch, kein Tier.

Im nächsten Ort parkte ich das Auto neben der Kirche und ging zum Wirtshaus. Aus der billigen Neuholz-Verkleidung, unter der sich die Dämmschicht befand, ragte ein altes schmiedeeisernes Schild mit dem Bild eines Fuhrgespanns und der Aufschrift «Zum Ochsen». Der Gastraum war fast leer, an einem der Tische ordnete eine Frau saubere Geschirrtücher, an einem anderen saß ein Mann und trank Kaffee. Es war später Mittag, und aus der Küche roch es nach Spülmittel. Ich setzte mich. Die Wirtin unterbrach ihre Arbeit, kam zu mir und fragte, ob ich etwas essen wollte. Es gäbe allerdings nur noch den Braten oder Milchreis. «Ich nehme den Milchreis», sagte ich. «Und einen Kaffee bitte.» Ich bemerkte, wie durcheinander ich war. Ich fühlte mich verloren. Was wollte ich in dieser deprimierenden Gegend? Wie kam ich auf die

Idee, hier etwas von Fiona zu finden? Ich atmete tief in den Bauch, um meine Panik unter Kontrolle zu bringen. Im nächsten Moment brach draußen die Sonne durch eine Wolke, die Wirtin stellte schwarzen Kaffee vor mich hin, jemand stieß mit dem Fuß gegen die angelehnte Eingangstür, drückte sie mit der Schulter auf und hievte eine große Kiste mit Käselaiben auf die Theke. «Hier kommt dein Nachtisch, Barbara! Aber nicht alles auf einmal essen!» Sie fingen zusammen an, die Sachen in die Küche zu packen. Ich ging hinüber, sagte hallo. «Macht in der Gegend auch jemand Schafskäse?», fragte ich.

Konrad war ein Kind gewesen, das keiner in den Griff bekam. In der Schule war er nie von sich aus aggressiv, aber wenn man ihn in die Enge trieb oder ungerecht behandelte, geriet er außer sich. Konrad war nicht groß, aber kräftig gewesen, hatte weit auseinanderstehende Augen und sprach nicht viel. In den ersten zwei Jahren hatten wir Nonnen, die ihn in Ruhe ließen. Im dritten Jahr kam eine junge Lehrerin, sie sah etwas in ihm, das sie herauslocken wollte. Sie akzeptierte Konrads Zurückgezogenheit nicht, sondern wollte, dass er sich in die Gemeinschaft einbringe, wie sie das nannte. Sie stellte sich vor, dass wir alle miteinander tanzen und Rollenspiele veranstalten sollten, um uns besser kennenzulernen und neue Erfahrungen zu machen. Konrad und ich unterliefen dieses Ziel jeder auf seine Weise. Ich hatte durch diese Spiele endlich die Möglichkeit, die anderen Kinder in der Klasse genauso nach meinen Vorstellungen zu dirigieren, wie ich es von den schulfreien Nachmittagen beim Spielen gewohnt war. Und Konrad weigerte sich generell, mitzumachen. Er blieb einfach hinter seinem Pult sitzen, da konnte sie machen, was sie wollte. Von dort aus schaute er interessiert zu, wie in einen Fernseher hinein. Sie konnte nichts tun, aber begann, an ihm zu arbeiten. Sie rief ihn ständig auf, obwohl er sich nicht meldete und die anderen fingerschnipsend auf ihren Stühlen rutschten. Konrad wusste die Antwort auch. Immer. Er war nur einfach nicht mitteilsam, sondern schaute lieber in sein Buch oder malte. Frau Schurr stellte sich jeden Tag direkt vor ihn hin. Man konnte nicht sagen, dass sie fies zu ihm war, aber für sein Gefühlsleben war sie eine Katastrophe. Eines Tages, als sie wieder seit einer Viertelstunde vor ihm stand und nicht wegging, sagte er laut und deutlich: «Lass mich in Ruhe, du Fotze», nahm sein Buch und setzte sich damit unter den Tisch. Da blieb er. Frau Schurr versuchte, ihn herauszuzerren, aber Konrad klammerte sich stumm an das Tischbein, er war stark, sie hatte keine Chance. Frau Schurr fiel auf, dass sie sich vor der Klasse lächerlich machte, was ihre Verbesserungsziele für uns ebenfalls ins Lächerliche zog, und jetzt wurde sie wütend. «Komm raus!», zischte sie, schnappte sich das große Lineal, mit dem sie sonst Geraden auf der Tafel zog, und drosch auf Konrad unter dem Tisch ein. Und da fing Konrad an zu schreien, er schrie so durchdringend und laut, dass der Hausmeister angerannt kam und sah, wie die Klasse bleich vor Gier auf diese göttliche Erniedrigung der Schurr starrte, sah das Pult, unter dem Konrad saß, sah, wie die Schurr mit dem Lineal zuschlug, das splitterte.

Der Mann mit dem Käse ist nicht viel älter als ich und gut aufgelegt. «Mädle, hier macht einer den besten Schafskäse, den du dir denken kannst», sagt er laut und stemmt beide Arme in die Seiten. «Und das bin ich!»
Die Wirtin lacht. «Es stimmt. Er gibt gern an, aber es stimmt trotzdem.»
Am liebsten würde ich den Milchreis wieder abbestellen und mich sofort an ihn dranhängen, aber ich will nicht unhöflich sein, und etwas essen muss ich auch. Ich lasse mir erklären, wo sein Hof liegt, und wir verabreden uns für später. Der Reis kommt, ist mit Zimt und Zucker bestreut. Die Angst ist weg.

Danach fahre ich mit dem blauen Kastenwagen los, eine Asphaltstraße, dann ein Feldweg, ich folge der Beschreibung der Wirtin, in der Ebene hat man das Gefühl, nie weit zu sehen. Es geht durch ein Waldstück, dann um eine Kurve, und da liegt der Hof. Ein Wohnhaus, ein Unterstand für die Maschinen, eine Schaukel an einem Balken, neben dem Haus eine Obstbaumwiese und auf der anderen Seite zwei lange Ställe. Auf einem Schild steht «Hofladen bitte klingeln». Ich stelle das Auto ab und gehe zum Haus, kalte Luft, eine offene Holztür, ein beige gefliester Gang, weiter hinten im Haus Stimmen von einem Kind und einem Mann. Ich klingle. Die Stimmen brechen ab, der Mann aus dem Wirtshaus kommt in Gummistiefeln und mit Schürze zur Tür. «Sie haben uns gefunden! Herein, kommen Sie herein!» Er ist aber in Eile, ich werde nicht viel herumreden können. Der Bub wartet im Gang und schaut skeptisch. Wir gehen in den hinteren Teil des Hauses zu einem Raum mit einer Verkaufstheke und einem Kühlschrank mit Glastür, in dem Käselaibe liegen. Ich kaufe einen sehr reifen und einen jungen Käse und unterschreibe das Formular, mit dem ich die Risiken nicht pasteurisierter Milch zur Kenntnis nehme und im Falle einer Erkrankung von Leistungen der staatlichen Versorgung absehe. Er zuckt mit den Schultern. Ich sage: «Ganz schön krass gefährlich, was Sie da verkaufen.» Er zieht die Braue hoch, ich zwinkere. Wir sind uns einig. Ich atme durch und sage: «Kennen Sie die Schäfer in der Gegend? Kennen Sie vielleicht Konrad, Konrad Blauer? Ich suche ihn. Er ist ein Freund.» Sein Gesicht wird abweisend. Es war ein Fehler, so direkt zu fragen, denke ich, aber ich täusche mich. Es liegt nicht an meiner Frage. «Was wollen Sie von dem Mann? Der hat keine Freunde, der will keine.» Ich lächle. Es muss wirklich Konrad sein.

DAS GERÄUSCH DES WAGENS, der sich auf ungeteerter Straße voranarbeitet, das nasse Grün um mich herum, die jetzt schnell schwindende Helligkeit.

Der Käser hat in sein großes Haus hinein einen Namen gerufen, «Jakob!». Ich hörte Schritte, und ein Chinese erschien, eine Plastikhaube auf dem Kopf und einen Mundschutz auf die Stirn geschoben. «Jakob, wir brauchen die Landkarten.» Dann standen wir über einen Tisch gebeugt, die aufgefalteten Karten vor uns, feldherrnmäßig, als müsste ich mir Konrad erobern. Der Käser und der Chinese behaupteten, dass dieses einsame Gebiet auf digitalen Karten falsch verzeichnet sei, es fehlten Wege und ganze Flurstücke. Deshalb könne man sich als Fremder ohne die alten Papierkarten dort praktisch nicht zurechtfinden. Netzempfang gebe es auch keinen. Es sei ein Gebiet, in dem man von Auswärtigen nicht zu finden sei, wenn man sich auskenne. Aber wer will da schon hin, sagten sie, wenn man nicht unbedingt muss. Da sei ja nichts.

Ich fand das sonderbar, schwieg aber. Sie deuteten auf eine dicke schwarze Linie, das sei die Hochgeschwindigkeitstrasse nach Frankreich und in die Schweiz. Über eine Hochebene führe sie, unbesiedeltes Gebiet. Und ich solle mir keine Geschichten erzählen lassen über Dinge, die angeblich dort vor sich gingen. Dummes Geschwätz. Nur Wacholder und Wind da. Wir befänden uns hier recht weit nördlich davon. Die Schäfer trieben die Herden gerne da ins Menschenleere hinauf, der Käser strich über das Papier. «Es gibt da auch Wasser, deshalb. Dein Konrad allerdings, der zeichnet, und dann schreibt er die Zeichnung voller Zahlen. Er behauptet, dass er die Landschaft kopiert, so nennt er das.» Er schaute vielsagend und hob einen Finger an die Stirn. «Du sagst, dass er dein Freund ist. Aber der hat ein Schepperle, oder?» Ich mochte den Käser, doch aus alter Gewohnheit verteidigte ich Konrad. «Hat er nicht», sagte ich. Und fragte mich selber zugleich: War ich mir da so sicher?

Vielleicht hatte auch ich das Schepperle, dass ich mich auf diese Reise gemacht hatte. Solange ich fuhr und die Heizung lief, war es einfach. Aber irgendwann musste ich stehen bleiben. Es wurde dunkel und das Suchen sinnlos. Der Käser und der Chinese hatten mir Wolldecken geliehen, das Thermometer des Wagens zeigte für draußen nur noch zehn Grad. Als ich außer meinem eigenen Scheinwerferlicht nichts mehr sah, stellte ich das Auto neben dem Weg ab. Es war still bis auf den Wind, der in Böen kam, die das Auto leicht zum Schaukeln brachten. Ich schaute in einen enormen Sternenhimmel. Darunter war nur Schwarz. Ich verriegelte die Türen und streckte mich hinten aus. Die Decken rochen nach Schaf und wärmten. Es war kaum später als acht Uhr abends, trotzdem fiel ich fast sofort in einen unruhigen Schlaf, aus dem ich immer wieder wegen irgendeines Geräuschs hochschreckte, kurz horchte, und dann in einen anderen seltsamen Traum wegglitt. Erst als es langsam hell wurde, schlief ich tief und traumlos ein.

Ich wachte auf, weil ein Hund bellte. Bevor ich mich im Wagen nach vorne gearbeitet hatte, kam zu dem Bellen ein dumpfes Getrampel. Direkt neben dem Weg, an dem ich stand, zog eine Herde Schafe vorbei und trieb eine Staubwolke auf. Ich konnte sie riechen. Jemand klopfte ans Fenster. Ein Mann mit Kappe und einem roten Bart schaute herein. Ich öffnete die Fahrertür und stieg mühsam aus, noch verkrampft von der Nacht.

Draußen war es warm. Der Mann fragte: «Was machen Sie hier? Alles in Ordnung?» Er pfiff seinem Hund. «Ja», sagte ich und dass ich Konrad Blauer suchte. Der Rote zeigte nach Süden. Konrad sei dort, meinte er, etwa dreißig Kilometer von hier. Ich solle den Weg weiterfahren bis zu der Abzweigung, an der ein Holzschild mit einem gelben Pfeil nach links wies. Dann einfach immer weiter, bis ich zu einem kleinen Fluss käme. Da irgendwo müsse die Herde sein. Er legte den Finger an seine Kappe und zog weiter. Ich setzte mich in die Sonne, trank einen Schluck Wasser, aß ein Stück Käse, band mir die Haare zusammen, putzte die Zähne. Dann fuhr ich los. Ich fühlte mich gut und sehr weit weg von allem. Ich dachte an Fiona.

DIESMAL ERKANNTE ICH ihn sofort. Ich brauchte nicht einmal sein Gesicht sehen. Es war die Tatsache, dass er sich einfach nicht umdrehte, obwohl er den Wagen gehört haben musste. Er stand weiter da und schaute irgendwohin. Die Herde war es nicht, die seinen Blick dort hielt, die graste etwas entfernt vor sich hin. Ein Gefühl stieg in mir hoch, das ungewohnt und angenehm war, Wärme und Liebe. Auch wenn Konrad und ich uns Jahre nicht gesehen hatten, so liebte ich ihn doch in diesem Moment wie einen verloren geglaubten Bruder, wir hingen an einem Band, zu dritt, mit Fiona, die fort war, aber wir waren verbunden. Jetzt, wo ich Konrad sah, spürte ich sie wieder ganz nah. Ich blieb stehen. Ich musste schlucken. Genau in dem Moment drehte er sich um.

Ich sah erst Erstaunen in seinem Gesicht und dann die gleiche Empfindung wie meine eigene. Seine Hände hingen herunter, als ob sie ihn an Gewichten zu Boden zögen. Wir rissen uns zusammen, er zuerst, und gingen aufeinander zu. Der Hund kam und bellte mich an, Konrad nahm mit der linken Hand meine rechte, so standen wir da wie Kinder, die gleich ein Spiel spielen, schon wieder fehlte Fiona. «Ach, Margarethe», sagte er, und da konnte ich auf einmal nur noch heulen, um Fiona, um

Hans und auch deshalb, weil sich die Kontrolle wie eine Beklemmung auf alles gelegt hatte, was ich kannte. Hier draußen war es anders, zum ersten Mal seit langem. Ich warf mich in seine Arme, boxte ihn, der nichts dafürkonnte, es aber aushielt. Nach und nach boxte er ein bisschen zurück. Erst, um sich zu schützen, dann schien es ihm zu gefallen, und plötzlich führten wir eine Art Tanz auf, bei dem wir Arme und Beine einsetzten. Er legte den Stock weg und rannte los. Ich kam ihm hinterher, und wir steigerten das Tempo, rannten keuchend mit langen Schritten, bis wir nicht mehr konnten. Wir standen da und schnappten nach Luft. Jetzt war es besser.

Sein Haar war ab, der Schädel rasiert, dunkle Stoppeln mit silbrigem Schimmer wuchsen nach. Er hatte Muskeln, sein Körper war der eines Mannes, der hart arbeitet. Um den Bauch herum war er fast wuchtig. Auch sein Gesicht war runder. Der stirnrunzelnde Ausdruck, immer auf der Hut, war derselbe.

Er hatte einen Schäferwagen in der Nähe stehen, den er mir zeigte, ein Bett und davor knapp ein Meter Platz. Dort verkroch er sich, wenn das Wetter zu lange garstig war, und dort verstaute er in einem Kasten aus Holz seine paar Sachen.

«Du bist ein Asket geworden. Wo sind deine schönen Anzüge hin?»
«Ah, deshalb bist du gekommen. Du brauchst einen Männeranzug!» Er zieht mich auf. Weiß er wirklich nicht, weshalb ich hier bin?

«Es ist wegen Fiona. Ich muss noch einmal versuchen, sie zu finden. Ich brauche deine Erinnerung, meine reicht nicht aus. Erzählst du mir, was du weißt?»
Konrad bekam eine Falte zwischen den Brauen. «Ich bin nicht mehr dafür und nicht mehr dagegen. Ich bin raus.»
Ich verstand nicht, was er meinte.
Er war überrascht. «Du wusstest nichts von dem Projekt damals?»
Nein, ich wusste nichts damals, gar nichts, das begriff ich an diesem Tag, ich hatte mich abgekapselt und sicher gefühlt, während er und Fiona schon längst zweifelten, Informationen sammelten, sie abwägten, weiterdachten und am Ende unterschiedliche Konsequenzen gezogen hatten.

Nach dem klaren Morgen schob sich nun Bewölkung von Süden her über das Land, die Sonne lag hinter einer milchigen Schicht aus Zirren. Die vorhin noch dürren Farben der Landschaft kamen mir kräftiger und tiefer vor, das Herbstgras hatte zitronengelbe Lichter und ockerfarbene Schatten, die Wacholderbüsche waren schwarze Gestalten in der Ferne und die weidenden Schafe Schaumkronen auf einem weiten graugrünen Meer. Konrad legte eine Isomatte auf den Boden. Wir setzten uns und schauten in die Landschaft. Ganz weit hinten und klein war eine Art schwarzer Strich erkennbar, das musste die Hochgeschwindigkeitstrasse sein.

«Du willst alles wissen?» Er schloss kurz die Augen und schüttelte den Kopf. Es schien ihm schwerzufallen anzufangen. Er stand auf und ging weg. Auf einmal hatte ich Angst. Ich spürte, dass sich alles ändern könnte. Mein Leben, die Art, wie ich mich darin eingerichtet hatte, und das, was ich überhaupt für die Welt hielt. Mir fiel ein, dass ich das Gefühl schon einmal gehabt hatte. Konrad war damals noch nicht zu uns gekommen, ich muss sieben oder acht Jahre alt gewesen sein. Wir waren im Wald an diesem Tag, wir streiften in den Ferien immer zu viert mit der Katze dort herum. Vier war die Mindestanzahl für eine Bande, fand ich, und ich war die Anführerin, auch wenn Michael älter war, Simone größer und Felix besser beim Schwimmen. Im Wald konnte man Ritter spielen, den Weg der Würmer umleiten und auf Bäume steigen. Wir waren weiter gegangen als sonst an diesem Tag, denn wir hatten einen Bach entdeckt und waren ihm gefolgt bis in ein Gelände, das wir nicht kannten. Plötzlich stand der Mann vor uns. Wir hatten ihn nicht kommen hören. Wie lange hatte er uns beobachtet? Er trug schmutzige Tarnsachen und Waldarbeiterschuhe. Seine Augen hatten etwas Zwingendes, das unheimlich war. Er stand da und sagte ganz ruhig: «Ihr müsst mitkommen.» Ich fragte mich nicht, wohin wir mitkommen sollten, meine Beine waren taub und schwer geworden. Ich sah, dass die anderen vor Furcht wie hypnotisiert waren. Sie standen da, Felix hatte Wasser in den Augen, Simone war bleich, und dann, als ob der Mann sie mit seinem Blick an einer Schnur zöge, fügten sie sich. Ich fühlte, wie mich etwas in mir nach unten zog, auf einen schwarzen Grund zu, es hatte etwas Verlockendes, dieses Verderben. Es war ganz leicht, aufzuhören zu denken und mit ihm zu gehen. Nein, dachte ich. «Nein!», schrie ich aus vollem

Leib. Ich stellte mich vor ihn hin und brüllte ihm noch einmal Nein! entgegen. Dann drehte ich mich zu den anderen um, die aus ihrer Starre kamen, und sagte leise: «Wir rennen.» Dann rannten wir. Wir waren gut im Rennen. Wir hörten, dass er uns nachlief. Simone schrie. Wir rannten weiter. Ich kannte den Weg nicht, auf dem wir waren. Es wurde dämmrig, und es schien uns niemand mehr zu folgen. Wir hörten auf zu rennen und gingen jetzt eilig und um uns schauend voran, bis wir zu Hause waren. Wir erzählten nie jemandem davon. Damals hatte ich Nein! gerufen und uns beschützt vor etwas Grauenhaftem, aber jetzt wollte ich das nicht. Ich war hier, um es zu erfahren.

NIE IN MEINEM LEBEN habe ich mich in einer solchen Einöde befunden. Luchse streichen furchtlos herum. Der Hund bellt ohne Widerhall. Es ist hell, aber wir werfen keine Schatten.

Konrad ist schweigsam. Ich habe genug Versuche scheitern sehen, ihn zu etwas zu bringen. Das ist sinnlos. Ich muss warten, bis er von selbst zu reden anfängt. Er hat sich um ein Schaf gekümmert, das hinkte, und steht jetzt wieder wie bei meiner Ankunft da und schaut in die flache Gegend. Es sieht aus wie ein besonders lebloses Bild von Hodler. In der einen Hand hat er einen Skizzenblock, in der anderen den Stift.

«Es stimmt also, was sie über dich sagen?», frage ich. «Du kopierst Landschaften?»
«Nein», sagt er und macht konzentriert weiter, «ich arbeite an einem Programm.»
«Und das machst du auf Papier?»
«Komm, schau her, Margarethe, was siehst du?» Er weist mit der Hand zum Horizont.
«Etwas, das grau ist wie Stein, ohne Stein zu sein, und öde wie eine Leere, aber es ist nicht leer, und es ist sehr groß.»

«Genau. Es ist die größtmögliche Annäherung an einen natürlichen emotionalen Nullpunkt, wenn man von Landschaften wie der Wüste oder dem Meer absieht.»
«Der Käser sagt, dass die Gegend hier digital nicht korrekt vermessen und kartographiert ist. Man könnte sich hier also verstecken, und keiner würde einen finden, weil das Gebiet offiziell gar nicht existiert.»

Konrad schaut stur auf sein Papier. «So einfach ist das nicht», sagt er leise. «Es gibt Satelliten, Vermessungsfehler fallen irgendwann auf.»
«Das, was du da machst, ist das einfacher?»
Er kneift die Augen zusammen. «Sagen wir, es ist ein Versuch, von dem ich glaube, dass er funktioniert. Aber ich kann mich irren.»
«Du hast dich damals für Gärten interessiert, richtig?»
«Das weißt du noch? Ja, kann sein, dass es damit angefangen hat. Vielleicht auch nicht. Das hier ist etwas anderes.»
«Du kannst dich auf mich verlassen, ich erzähle niemandem davon.»
«Das ist es nicht, Margarethe. Ich weiß nur selber nicht genau –»

Jedenfalls hast du nichts mehr zu verlieren, Konrad, dachte ich. Aber ich sagte es nicht. Woher wollte ich das denn wissen? Es war nur das Gefühl von Leere über allem hier. Vieles von dem, was er mir in den nächsten Stunden erzählte, war fremdartig. Aber wie ein Spinner kam er mir nicht vor. Er glaubte, dass er hier etwas gefunden hatte, das er später in Daten umwandeln und als Grundlage für einen Algorithmus nutzen könnte: Er hielt die Ebene, wie er es gesagt hatte, für die größtmögliche Annäherung an eine Landschaft, deren Wirkung dem Gefühlsnullpunkt entspricht. In der mathematischen Beschreibung dieses Landschaftsreliefs ließe sich also vielleicht ein verlässlicher Ausgangswert ermitteln für ein Programm, das, vereinfacht gesagt, geologische Formen speichern und sie dreidimensional reproduzieren könnte. Das Programm müsste in der Lage sein, Gefühlslandschaften holographisch zu simulieren. Es könnte eine auf den Betrachter abgestimmte Wunschwelt erschaffen.

«Du bist ein seltsamer Schäfer», sagte ich. «Ich dachte, du bist raus aus allem. Aber du arbeitest immer noch an Programmen.»
«Ich bin raus», sagte Konrad ernst. Er müsse in niemandes Auftrag mehr arbeiten. Nein, was ihn antreibe, sei die Erkenntnis, dass Landschaften unmittelbar auf unser Gemüt wirken, unmittelbarer sogar als Geruch, Geschmack oder Musik.

Er spreche nicht von Kitsch, sagte Konrad und arbeitete ruhig in seinem Skizzenbuch weiter, Kitsch sei schon in Ordnung, aber es gehe hier um das Gefühl von tiefem Einverstandensein, wenn vor den Augen Schönheit und eine natürliche Ordnung herrschten. Es gebe objektive und subjektive Kriterien. Schöne Dinge seien nur schön, wenn sie auch im richtigen Maß zueinander stünden. So weit sei das seit der Renaissance bekannt. Daher gebe es eine große Übereinstimmung der Geschmäcker, wenn es darum gehe, ein Bild als schön zu bezeichnen. Und doch … Und doch, ergänzte ich still für mich, musste für, sagen wir, eine Fotografie, die wirklich Bedeutung hat, noch etwas dazukommen. Ich fand es seltsam, aber ich wusste ganz genau, wovon er sprach.

Und doch habe jeder Mensch andere emotionale Bedürfnisse, fuhr er nach einem Moment des Nachdenkens fort, von denen wiederum abhänge, ob sein Gemüt – von Seele wolle er nicht sprechen – bei einem Bild Glück empfinde. Genau dasselbe geschehe beim Betrachten von Landschaften, nur mit viel stärkerer Wirkung. Möglicherweise, weil der Mensch im Lauf seiner Entwicklung darauf angewiesen war, seine Umgebung präzise auf ihre Gefährlichkeit hin einzuschätzen. Deshalb sei die emotionale Wucht einer Landschaft so viel größer als die anderer Sinneseindrücke oder eines zweidimensionalen Bildes. Zum ersten Mal aber wisse man heute durch die Datenspeicher fast alles über die Persönlichkeit eines Menschen, und das bedeute technologisch gesehen auch, dass die Steuerung seiner Gefühle möglich sei. Zumindest sei das seine Annahme, und er wolle jedem Benutzer seines Programms mit einem Hologramm die Landschaft vor Augen entstehen lassen, die er in diesem Moment für sein Wohlbefinden brauche. Angesichts der großen Sensibilität, mit der das Gemüt auf Umgebungen reagiere, halte er es für denkbar, ein solches Programm zur Linderung von Schmerzen oder zur Stärkung in Regenerationsphasen einzusetzen. «Ein Algorithmus, der wirksame Empfindungslandschaften produziert», schloss er.

Er schaute von seiner Zeichnung auf, die offensichtlich fertig war. Es waren Striche mit einem dünnen Kohlestift, die in keiner Weise das nachahmten, was vor uns lag. Es war eine detaillierte, aber im Detail jeweils in geometrische Formen zersplitterte Darstellung des Bodenreliefs.

Ich fand die Zeichnung erstaunlich, sie gab wieder, was wir sahen, und war doch völlig abstrakt. Ob ich einmal von der Faustmann-Bewegung gehört hätte, fragte Konrad. «Die Faust-Leute glauben, dass sie Gottes Willen nachahmen, indem sie virtuelle Landschaften erschaffen, weil sie damit die Schöpfung noch einmal rechnend entwerfen. Sie wollen auf diese Weise ein spirituelles, beseeltes Leben führen und Gott sozusagen in die unbeseelte digitale Welt tragen.» Ich war erstaunt, dass er sich mit solchen Dingen befasst hatte. Ich erinnerte mich, dass Fiona in der gleichen Art von den Maschinenprotokollen gesprochen hatte. Existenziell – so als ginge es um das Seelenheil, um Leben und Tod.

Konrad klappte das Skizzenbuch zu, und wir setzten uns wieder der wirklichen Landschaft aus. Der Wind frischte auf, ein Wetterumschwung kündigte sich an. Vor uns lag eine schier endlose graue Fläche, über die dort, wo die Wolkendecke aufriss, schnell kleine Sonnenflecken trieben. Wir schwiegen und schauten. Er hatte recht, alles fühlte sich nach Nullpunkt an. Was war mit Fiona?, wollte ich fragen, aber ich schwieg.

ICH WAR GEKOMMEN, um etwas von ihm zu erfahren, aber jetzt fühlte ich mich eingeschüchtert. Bevor ich eine Frage stellte, auf die Konrad antworten oder –wie ich fürchtete – nicht antworten konnte, geschah etwas Unerwartetes. Wir hörten ein Brummen aus der Richtung, von der ich hergefahren war. Das Geräusch wurde lauter, und zwischen den Büschen sah man nun ein Fahrzeug näher kommen. Wir konnten es nicht genau erkennen, denn es war immer nur kurz zu sehen und verschwand dann wieder hinter Gestrüpp. Schließlich hörten wir es in unmittelbarer Nähe wieder und sahen auf dem Feldweg einen Lastwagen. Auf der Ladefläche transportierte er große mobile Kompressoren, Kabelrollen und silbrig glänzende Metallkästen. Seitlich an der Ladefläche saßen jeweils drei Männer in orangegelben Arbeitsjacken. Sie winkten kurz zum Gruß und ratterten weiter, mitten in das Nichts hinein. Schon Minuten nachdem sie verschwunden waren, fragte ich mich, ob das, was ich gesehen hatte, wirklich real gewesen war.

«Es scheint ein Problem zu geben, sie fahren zur Trasse», meinte Konrad. Er schaute ihnen nach. Pfiff nach dem Hund, der dem Lastwagen hinterherbellte. Einige Schafe waren in Bewegung geraten und drängten die vor ihnen weiter, gerieten in die Enge und schoben sich zwischen den anderen Tieren in die Höhe, sodass es aussah wie ein zweistöckiges Gewimmel, bis sich die Unruhe langsam legte. «Morgen ziehen wir weiter», sagte Konrad, und ich fragte mich, wie lange er so noch leben würde und was danach käme. Hatte er wirklich alle Verbindungen gekappt? Oder würde er zurückgehen und weitermachen? Ich wusste wenig von ihm, fast nichts.

Nach dem kurzen Moment, in dem wir uns vorhin nahe gewesen waren, benahm sich Konrad so wie immer. Etwas distanziert, was mich schon in der Schule geärgert hatte, denn schließlich war ich die um ein halbes Jahr Ältere und hatte über Nähe und Distanz zu entscheiden. Ich fand mich selber seltsam. Wir waren fast fünfzig, und ich dachte in den Kategorien unserer Kindheit. Aber so war es. Er blieb mir rätselhaft. Die Dämmerung kam, und ich fürchtete die aufkommende Kälte.

«Mach dir keine Sorgen, du wirst nicht frieren», sagte Konrad, «wir legen dir ein Schaf mit ins Auto.» Ich hätte ihm beinah geglaubt. Er zog aus seinem Karren einen Daunenschlafsack und gab ihn mir. «Ruh dich ein bisschen aus, ich mache uns etwas zu essen.» Tatsächlich spürte ich, wie mir die vorige Nacht im Auto nachhing, aber ich wollte unbedingt weiter mit ihm reden. Ich legte mich auf die Isomatte, meine Schafwolldecken unter mir, und breitete den Schlafsack über mir aus. Nur ganz kurz, dachte ich. Ich sah, wie er einen Wassertopf auf den Gaskocher setzte, dann war ich irgendwo anders, und jemand sagte: «Du bist echt ein Schaf, Margarethe, dass du dich so zierst, dabei weißt du doch längst, was du tun musst.»

Etwas scheppert. Benommen wache ich auf. Es ist dunkel, Konrad rührt im Topf über dem Kocher, sein Gesicht ist im Schein der bläulichen Flamme undeutlich, ohne Altersspuren, und wieder habe ich das Gefühl, in die Vergangenheit zurückgewandert und zu Hause zu sein. Ich will da bleiben, nur einen Moment noch.

«Ich dachte schon, du schläfst durch», sagt Konrad. «Kannst du umrühren?» Im Topf köcheln jetzt raupendicke Nudeln, Tomatenstücke und Thymianzweige. «Der Wind hat sich gelegt», sagt er, als er aus der Dunkelheit zurückkommt, «wir können Feuer machen.» Er schichtet trockene kleine Zweige und Äste aufeinander, entfacht eine Flamme, pustet behutsam in den Haufen. «Was tust du eigentlich, wenn du immer allein bist?», frage ich. Er lächelt ironisch. «Du meinst, ob ich Gedichte und Komödien schreibe? Nein, ich bin kein Anakreontiker. Das Einzige, was ich richtig kann, ist ein guter Hirte sein und programmieren.» Guter Hirte. Ich denke an den Religionsunterricht, wie lange ist das her? Und an die Bildchen vom Herrn Jesus, die in den Gebetbüchern in der Kirche lagen, in milchigen Farben, der Herr Jesus im Gesicht immer wie frischgewaschen.

«Erinnerst du dich an Fionas Theorie der Herrlichkeit?» «Du meinst, das mit dem herumspringenden dünnen schwarzen Dämon und den Seidenkaftans? Klar. Sie hat dich damit angesteckt. Diese komische Angewohnheit,

sich die Nächte um die Ohren zu schlagen, um etwas zu finden, was man nicht gesucht hat. Hat sie es nicht so genannt? Nein, das war ganz allein eure Sache. Die glorreichen Schwestern. Weißt du, ich habe auch gern nachts gearbeitet, aber anders. Es war mir egal, ob es Tag oder Nacht war. Manchmal war es eben nachts. Oder vielleicht war es auch fast immer nachts, weiß nicht mehr. Die edle Abgeschiedenheit, die Fiona brauchte, war halt für mich nicht zu haben. Es ging nur um die Maschinen. Ich habe jedes Klischee über Programmierer erfüllt, das man sich ausdenken kann. Dann kam das Liebseligkeitsprojekt, und von da an war ich für die normale Welt sowieso erst mal weg vom Fenster. Du hast mich ja damals bei ihr zu Hause gesehen.» Er scheint zu überlegen. «Sie hat dir wirklich nie davon erzählt?»
«Nein. Erzähl's du mir.»
«Warte.» Konrad steht schnaufend auf, geht zu seinem Karren. Ich schaue ins Feuer, höre seine Schritte. Er kommt mit zwei Plastiktellern und Besteck zurück und gibt mir einen Umschlag. «Als sie verschwand, hinterließ sie mir das, zusammen mit einem Zettel. Darauf stand, ich muss dir den Umschlag geben. Aber ich sollte ihn dir nicht gleich geben, sondern damit warten, bis du mich aufsuchst.»
Er verteilt die Nudeln aus dem Topf, als wäre nichts.

Ich bin wie betäubt. Sie hat etwas für mich bei Konrad deponiert, ohne mir irgendeinen Hinweis zu geben. Was, wenn ich nie hergekommen wäre? Ich kann es nicht fassen. «Mach dir keine Gedanken», hätte Fiona gesagt, «jetzt bist du ja hier.» Ich höre diesen Satz von ihr, als ich den Umschlag aufreiße. Darin liegt eine Postkarte, leer, ohne Beschriftung, ohne irgendeine Botschaft. Aber das Foto auf der Vorderseite zeigt Pisanellos Aufbruch des heiligen Georg in Sant'Anastasia.

Wieder trifft es mich wie ein Schlag, dass sie nicht mehr da ist. Wir haben das Bild zusammen in Verona entdeckt, an einem Septembertag. Wir sind noch Kinder. Elisabeth und Andreas sitzen in einem Café vor einem alkoholischen Nachmittagsgetränk, wir streunen in der Umgebung herum, schlüpfen durch eine Schwingtür und hinter einen schweren grünen Samtvorhang, stehen im Kirchenschiff, schauen mit offenem Mund. Ich bemerke vorne rechts, ganz oben, dieses Bild, so weit oben, dass man den Kopf in den Nacken legen muss, um das silbrige Gewand der Dame zu sehen und das ebenso silbrige Pferd. Es ist ein winziges Bild in einer Kirche voller Malerei, aber wir können den Blick nicht davon wenden.

«Erzähl mir vom Liebseligkeitsprojekt», sage ich. «Ist sie deshalb verschwunden?»
Konrad isst und schweigt. Ich denke an sein braunes Haar, das nicht mehr da ist. Das Wort Jüngling fällt mir ein. Er hatte Jünglingshaar, damals, als ich ihn bei Fiona wiedersah, Haar, das man anfassen wollte, darüberstreichen, oder wissen, wie es fallen würde, wenn es nicht zusammengebunden war. Ich hatte mich über die Gedanken gewundert, die Konrads Haare bei mir auslösten. Es war Anziehung, Schönheit. Konrad war der Junge, der in der Schule unter den Tisch gekrochen war und den man

beschützen musste. Aber jetzt dachte ich, dass er auch Fionas Jüngling gewesen war, sie hatte ihm sechs Jahre voraus, eine verspielte Zärtlichkeit machte das vielleicht möglich, und Konrad mit seiner nachdenklichen Zuwendung zu historischen Gärten erfüllte sicher ihre Anforderungen an die Ernsthaftigkeit eines Liebhabers. Ich erinnere mich an ihr Lächeln an dem Abend, als er sie zum Abschied auf den Scheitel küsste, an das Licht, hell genug, um zu arbeiten, aber weich genug für eine gute Szene. Sie hat ihn gefunden, ohne ihn zu suchen.

Der Mann, der mir mit geschorenem Kopf gegenübersaß und Nulllinien des Gefühls erforschte, war jemand anderer. Ich fragte mich, ob er so geworden war, weil er aufgehört hatte, Gärten zu lieben, oder weil er vor irgendetwas weglief.

«Konrad, was war mit der Liebseligkeit?»
Er hat keine Lust, darüber zu reden, das sieht man. «Bitte ...», sage ich.
«Hör zu, Margarethe, du musst eines verstehen. Es war am Anfang etwas ganz anderes als später. Liebseligkeit steht für vieles. Gesellschaftliche Verhaltenskontrolle, Belohnungssystem, Lernprogramm für Maschinenintelligenz, Konsumsteigerung, die Aussicht auf Zufriedenheit, was du willst. Wir dachten immer nur an die einzelnen Bestandteile. Am Ende hatten wir aber ein System gebaut, das alles zusammenführt, was man für die digitale Herrschaft über die analoge Welt braucht.»

Er schaut ins Feuer. Plötzlich habe ich das Gefühl, dass er viel tiefer in Fionas Verschwinden verwickelt ist, als ich dachte. «Liebseligkeit», frage ich. «War der Name deine Erfindung?»

«Ach, der Name. Der ist nebensächlich. Sie brauchten irgendwann ein Wort dafür. Ein schönes, vertrauenerweckendes Wort, etwas mit Frieden und Geruhsamkeit. Die Leute wollten Ordnung damals. Umfragen hatten ergeben, dass sie die Überwachung viel weniger fürchteten als Veränderung und Unsicherheit. Es war ja früh so vieles bekannt, vielleicht sagt dir Edward Snowden noch etwas oder Cambridge Analytica oder Chinas Punktesystem für Wohlverhalten? Das alles war bekannt, aber es hatte sehr wenig geändert. Also wurde beschlossen, den Überwachungsteil des Projekts, im Fall, dass das Ganze überhaupt realisiert würde, offensiv zu verkaufen. Die öffentlichen Kameras mit den neuen Ortungssystemen und die Zusammenführung der Daten, daraus wollten sie kein Geheimnis machen. Es würde als Aussicht auf Ordnung akzeptiert werden. Ihnen gefiel besonders, dass wir einen altmodischen Namen dafür hatten.»
Er zögert. «Erfunden hat ihn eigentlich Fiona.»
Ich versuche zu verstehen, was er da sagt. «Sie hat daran mitgearbeitet?»
Konrad fährt sich über den Kopf, sucht nach Halt.
«Es ist kompliziert, Margarethe. Sagen wir, sie war die ganze Zeit irgendwie dabei, sie war mein Gegengift, mein guter Dämon. Das war sie schon immer, aber bei der Liebseligkeit begriff ich erst durch sie, dass wir an etwas arbeiteten, bei dem die Technik vielleicht gar nicht das

Entscheidende war. Sie verstand sofort, dass man damit Leute verlocken und steuern konnte. Wenn ich mit ihr darüber redete, wurde mir klar, dass ich um die Frage nicht herumkäme, was für eine Zukunft ich selber wollte oder nicht wollte. Als ich bei Lisser anfing, hätte ich nie gedacht, dass sich innerhalb von ein paar Jahren so viel ändern könnte. Es war nur ein Job, und, meine Güte, du weißt es doch selber. Wir sind damit aufgewachsen, dass das Land funktionierte und der Wohlstand funktionierte. Ich war nicht besonders ambitioniert bei dem Projekt, denn ich wollte das bestimmt nicht mein Leben lang machen, programmieren. Es war nur etwas, das ich gut konnte. Und es war ein Vertrag, der mir genug Geld brachte. Ein mittelständisches deutsches Unternehmen, Geschäftsführer der Sohn vom Gründer, diese Sorte. Das war kein gewissenloser IT-Konzern, kein Schurke. Es gab dort einfach sehr gute Ingenieure und Programmierer, die weiterdachten. Sie machten ihre Arbeit.»

Und du auch, dachte ich.

«Es ist verrückt, im Grunde arbeitete ich an einer ähnlichen Sache wie dem Landschaftsprogramm jetzt. Es ging bei dem Projekt ja auch darum, eine Skalierung von Wohlfühl-Zuständen zu definieren und differenziert auszuarbeiten. Glücksversprechen sind schon immer Teil jedes Marketing-Konzepts gewesen, wirst du sagen. Aber das hier war viel mehr. Wir wollten jedem Einzelnen garantieren, dass er überglücklich sein konnte. Und ich rede nicht davon, ihn mit etwas zu belohnen, womit er sich nach den gängigen Maßstäben hätte glücklich fühlen müssen. Das war viel mehr. Verstehst du? Meine Eltern schenkten mir einmal einen wunderschönen Stoffelefanten, aber ich fürchtete mich vor ihm, weil seine Knopfaugen grüngelb schimmerten. Deshalb empfand ich Angst, vielleicht ging es mir als einzigem Kind auf der Welt so mit diesem Elefanten. Wir konnten jetzt aber mit dem Datenmaterial, das Menschen bewusst oder unabsichtlich hinterließen und das auf dem Markt war, tatsächlich herausfinden, wie jemand wirklich auf Dinge reagiert – unabhängig von seinen eigenen oder den gesellschaftlichen Annahmen. Wir würden bald errechnen können, was wirkliche Glücksgefühle bei einer Person auslöst. Dafür sollten Algorithmen programmiert werden, die individuelle psychologische und neurologische Profile erstellten. Damit würden die Programme die Glücksvorstellungen einer bestimmten Person mit extrem hoher Wahrscheinlichkeit berechnen können. Ihre innersten Wünsche, von denen sie vielleicht selber gar nichts wusste. Musik, Essen, Kleidung, sexuelle Empfindungen, die genau für dieses individuelle Profil passten – oder eben auch Landschaften. Was wir dort bauten, würde immer die Antwort auf innere Leere und Sehnsüchte kennen. Ich höre schon deinen Spott, deine Schwester hat auch gespottet. Aber um tiefere Sinnsuche ging es gar nicht. Eher um eine kurzfristige Empfindung, die dich wegflasht und dich von Zweifeln und den großen Sinnfragen befreit. Wie oft fragst du dich im Leben, was du dir in einem Augenblick wirklich wünschst, und weißt es nicht. Das Programm wüsste es.»

Er sagte Dinge, die ich nicht glauben konnte.
«Fiona hätte bei so etwas nie mitgemacht.»
«Nein, sie hat auch nicht mitgemacht. Es war anders, aber sie war dabei, das war wichtig. Weißt du, wir lasen uns manchmal bis spätnachts Bücher vor. Wir sprachen auch über eure Drehbücher und meine Programme. Ich erinnere mich daran, wie wir das erste Mal von dem Projekt redeten. Die zwei Nächte zuvor hatte ich durchgearbeitet und den ganzen Tag geschlafen. Dann hatte ich mir ein frisches Hemd angezogen, war einkaufen gewesen und bin zu ihrer Wohnung gegangen. Sie wollte wissen, warum ich so unverschämt sauber aussah, wie sie sagte, ob ich etwas Dreckiges getan hätte. Ich erzählte ihr von dem Glücks-Algorithmus. Sie fand das abstrus, wie ich es mir gedacht hatte. Aber sie war auch fasziniert. ‹Ha! Dann messen wir mal deine und meine Herrlichkeit gegeneinander ab›, rief sie und versuchte, mich in ein Gespräch über die Messbarkeit von Glück zu verwickeln, natürlich wusste sie, dass genau das der Schwachpunkt an meinem Konzept war. ‹Synthetische Herrlichkeit! Interessant! Also los!› Sie war neugierig auf alles. Immer noch die Ingenieurstochter. Sie wollte, dass ich sie überzeugte. Und das wollte ich wirklich. Mir war damit in keinster Weise unwohl, ich war stolz und angetan von der Vorstellung, dass sich Glück wie eine chemische Substanz herstellen lässt, und zwar für jeden nach seiner Fasson. Sie störte sich gar nicht an dieser Vorstellung. Sondern daran, dass dieses Glück aus Konsum- und Überwachungsdaten herausgefischt würde. Sie mochte es schon nicht, dass Firmen seit einer Weile konformes Verhalten ihrer Kunden belohnten, also Vergünstigungen gewährten, wenn

jemand Daten teilte. Denn sie fand, dass die digitalen Kopien, wie sie die Datenspuren eines Menschen nannte, ganz anderen Herrschaftsstrukturen unterworfen seien als der echte Mensch, nämlich den Datenherrschern. Und je mehr sich auf der anderen Seite abspielt, desto gefährlicher sei das inzwischen.»

Gefahr. Das Wort traf mich unerwartet und heftig. Ich hatte bisher in einer Welt gelebt, in der alle Gefahren mehr oder weniger systematisch beseitigt worden waren, Stück für Stück. Es herrschte maximale Sicherheit. Nirgendwo war man mehr verloren, man konnte immer mit jemandem sprechen, Hilfe rufen, Informationen finden oder Verbündete. Gefahr. Ich wunderte mich, dass dieses Wort mich so alarmierte. Hatte ich verlernt, an die Gefahr zu denken? Von meinen Gedanken abgelenkt, hatte ich zwei, drei Sätze von Konrad nicht mitbekommen. Ich hörte ihn sagen: «‹Du fügst dich lieb und gibst brav alles von dir preis, und dafür gibt man dir ein paar synthetische Glücksgefühle›, befand sie und meinte noch, das sei ungefähr so verlockend, wie ein ideales Frauchen zu werden, dünn, attraktiv, bescheiden, und dir so die schönste Haarschleife zu verdienen. ‹Das ist doch kein Glück›, rief unsere Meisterin der Herrlichkeit und knallte die Teetasse hin. ‹Das ist …›, nun ja, und dann nannte sie den Ausdruck, der ihr gerade ironisch in den Kopf kam: ‹Das ist Liebseligkeit!›
Aber ihr Interesse war geweckt. Sie wollte alles wissen über das Liebseligkeitsprojekt, sie nannte es nur noch so und ich bald auch. Einmal benutzte ich den Ausdruck in der Firma, keiner fragte, wo er herkam, aber er setzte

sich durch. Ich konnte nichts dagegen machen. Als dann neue Investoren einstiegen, brauchte man einen PR-tauglichen Namen, und plötzlich war es ganz offiziell das Liebseligkeitsprojekt. Nur jetzt ohne eine Spur von Ironie.»

«Bisher klingt das alles nach Fiona. Verrückt, aber nicht besonders besorgniserregend», sage ich.

«Es war auch für uns in der Firma völlig unvorstellbar, wie sich die Sache danach entwickelte. Wir hatten anfangs Zugriff auf normale Daten, die Menschen selber von sich öffentlich machten, und wir wussten, dass man mit etwas Geld mehr dazukaufen konnte. Jeder tat das, es war ein gigantischer Markt. Außerdem deutete sich an, dass die E-Identität eingeführt wird. Man musste gar nicht besonders zynisch sein, um vorauszusehen, dass die Daten von der persönlichen Bürger-Identität irgendwann verbunden werden mit den Daten, die es sonst noch im Netz von dir gibt. Ich habe das nicht moralisch bewertet. Es war einfach eine sehr wahrscheinliche Arbeitshypothese. Wir kannten die Möglichkeiten, die wir hatten. Und irgendwann erfanden wir ein Produkt dazu. Aber das war noch nicht der Punkt, an dem es für Fiona so dringlich wurde – politisch meine ich, gesellschaftlich, wie auch immer.

Ich verstand das damals auch erst langsam, Margarethe. Eigentlich kapierte ich es noch nicht einmal, als Lisser uns informierte, dass neue Geldgeber einsteigen würden, und das Programm plötzlich das einzige Projekt war, das die Firma weiterverfolgte. Aber es fühlte sich an, als ob wir in eine ganz andere Klasse aufgestiegen waren. Wir stellten mehr Leute ein, es gab ein Fitness-Studio für alle, und jeden Tag kam zwei Mal Catering, Superfood-Bowls oder Pizza, was immer du wolltest. Wir waren in Projektgruppen eingeteilt, den Überblick hatten nur wenige an der Führungsspitze, neben Lisser junior waren das ein Franzose namens Clerc und Pfaff, der bisherige Projektleiter. Ich bekam in dieser Phase nicht viel vom großen Ganzen mit, ich konnte von zu Hause aus arbeiten und tat das meistens.

Dann war dieser Teil des Projekts abgeschlossen, und ich kam wieder jeden Tag in die Firma. Zum ersten Mal seit langem nahm ich an Konferenzen teil und hörte, was dort gesprochen wurde – und vor allem, wie. Der Ton hatte sich völlig verändert. Man redete nicht mehr von Arbeitshypothesen und Programmierschritten. Es ging jetzt offen um Beeinflussung und Kontrolle. Ein Ziel war die Steigerung von Konsum, die Investoren waren am Umsatz ihrer Konzerne interessiert. Aber dann ging es irgendwann auch um bestimmte Regierungen, sie wollten Gesetze aushebeln, die sie behinderten. Dafür brauchten sie optimalerweise eine Bevölkerung, die sich möglichst nicht für wirkliche Politik interessierte; deshalb war das Ziel, gesellschaftliches Engagement zu fördern, dessen Anliegen politisch klangen, es aber eben haarscharf nicht waren. Wir setzten bei der Selbstoptimierungskultur an, daran war jeder gewöhnt. Beliebt werden sollte aber nun nicht die Optimierung jedes Einzelnen. Wir verkauften ein Gemeinschaftserlebnis, das denen, die mitmachten,

Anerkennung eintrug. Es ginge also darum, ein großes gesellschaftliches Verbesserungsprojekt zu propagieren, das aber, und jetzt kommt das Entscheidende, ‹social› wäre, von allen zusammen unterstützt, und mit Zielen, die nicht so unsympathisch klangen wie Fitness oder Karriere. Wir redeten in dem Projekt über Ziele, mit denen sich Sinnstiftendes verband. Es sollte um Dinge wie vegane Ernährung, gemeinschaftliche Kinderbetreuung oder Kurse für besseren Schlaf gehen, um Schreibgruppen und Meditation an schönen öffentlichen Orten – bei allen Aktivitäten würde man sich selbstverständlich in Gedankengruppen im Netz austauschen. Unterstützt würde das durch Apps, die den Fortschritt jedes Einzelnen, allerdings auch Stagnation anzeigen würden. Es gäbe ein Bewertungssystem, das die Teilnehmer ausdrücklich nicht unter Druck setzen sollte, aber genau das natürlich tat. Und es würde vielleicht auch, aber da war man nicht sicher, ob das nicht kontraproduktiv wirken könnte, schöne Produktlinien geben. Ein Beschäftigungsprogramm, das den Menschen ein Gefühl von Engagement eröffnete, sie aber von Kritik abhielt. Die Erkenntnis, welche Dimension wirklich dahintersteckt, haute uns um. Es war wie – der Plan für einen geräuschlosen Putsch.»

«Hm, es wundert mich eigentlich nicht, dass jemand an so etwas arbeitet», sagte ich. Mir war vom Essen und vom Feuer warm. «Aber wenn es gelungen wäre, hätten wir davon gehört, oder?»
Konrad wirft mir einen Blick zu, den ich nicht deuten kann. Ängstlich? Stolz? Schuldbewusst?

«Das würdest du nicht merken, Margarethe. Der Sinn wäre, dass du dich gut fühlst, ohne dass dir klar wird, dass du in eine bestimmte Richtung gelenkt wirst. Er besteht darin, dir mit Belohnungen, die du als deinen eigenen Erfolg bezeichnen würdest, ein bestimmtes Verhalten beizubringen. Und glaub mir, es ist gelungen, es war perfekt. Ich wollte längst aussteigen, aber deine Schwester bestand darauf, dass ich bleibe.»

Ich sehe sie beide vor mir sitzen in Fionas Wohnung. Darüber sprachen sie also damals. Das also machte sie zu den Verschworenen. Das war es, was ich gesehen und nicht verstanden hatte.

«Wir beobachteten genau, was dort lief. Fiona wollte unbedingt verhindern, dass dieses Machtinstrument, das da gebaut wurde, sie eines Tages dominieren würde. Sie war in dem Punkt völlig eindeutig. Wenn die Liebseligkeit uns kontrollieren würde, egal ob wir es wüssten oder nicht, wäre sie bedroht mit allem, was sie war und sein wollte. Sie verbiss sich darin. Sie schätzte ihre Kräfte ab und die der anderen. Dafür brauchte sie Informationen und Verbündete. Deshalb hat sie sich aufgemacht. Das ist jetzt mehr als fünf Jahre her. Entweder sie haben die Liebseligkeit wirklich verworfen, was ich nicht glaube. Oder sie sind schon lange dabei, sie umzusetzen, wir merken es nur nicht. Du verstehst mich immer noch nicht. Ich war einer von denen.»

Die Ebene liegt pechschwarz und windstill um uns herum, der Himmel hebt sich nur wenig davon ab. Sind die

Männer von der Trasse zurückgekommen, während ich schlief?, frage ich mich für einen Moment, aber vergesse den Gedanken wieder. In den Händen halte ich immer noch Fionas Karte, streiche mit dem Finger über die unbeschriebene Rückseite, als könnte dort etwas sein, was ich nur tastend finden kann.

Ich erzähle ihm von Hans und von Marie und meinem Gefühl, dass sich möglicherweise analoge Kolonien gründen könnten. Jetzt, in diesem Moment.

«Da ist Fiona sicher nicht», sagt er brüsk. Es klingt, als wüsste er mehr, als er sagt. «Fiona hat einmal gemeint, ihr seid verbunden, weil ihr euch die gleichen Fragen stellt: Was ist richtig, was ist falsch, und was ist tödlich? Damals habe ich nicht darauf geachtet, aber jetzt denke ich – vielleicht gab es da eine Gefahr, von der sie etwas wusste.»

Konrad lacht und wirft sein Blechmesser in Richtung Feuer. «Fiona hat vor allem einen Teil in der Struktur gefürchtet, auf den andere wenig achteten. Wenn sie tödlich sagte, meinte sie es auch so. Sie war überzeugt, dass die Liebseligkeit das Potenzial hätte, einmal die Gesellschaft, die wir kennen, durch ein Kontrollsystem zu ersetzen und selbst Regierungen zu entmachten. In dem Fall würde es trotz allem eine gewisse Anzahl von Menschen geben, die sich dem widersetzen würden, nahm sie an. Generell ist das Programm so angelegt, dass es Kritik konstruktiv analysiert. Es beseitigt Widerstand normalerweise, indem es Belohnungen für konformes Verhalten anbietet. Wenn es damit nicht gelang, jemanden zu überzeugen, dann musste derjenige umso interessanter sein, denn von ihm konnte das Programm lernen, auf welche Kritik es nicht vorbereitet war. Aber wie verstehen die Maschinen Kritik? Eine Haltung, zu der ein Mensch gelangt, vielleicht durch langes Nachdenken?, fragte sich Fiona. Sie müssten dafür ja ins Innerste derjenigen vordringen, die sich sträuben. Mit anderen Worten, genau die Menschen, die sich nicht in das System fügten, wären seine wertvollsten Datenlieferanten. Ich komme wieder zurück auf das, was sie die Maschinenprotokolle nannte. Also die vollständige Erfassung aller analogen und digitalen Vorgänge, das Daten-Abbild der Welt. Damit wäre es leicht, diejenigen zu finden, die sich der Liebseligkeitsgemeinschaft verweigerten, meinte sie. Ich hatte darüber auch nachgedacht, sah es aber nicht so dramatisch, nicht so pessimistisch. Das Wichtigste war für mich, dass ich die Freiheit wollte, mich rauszuhalten, nicht zu konsumieren und für mich zu bleiben. Für sie ging es um mehr. Und nicht nur, weil sie Gemeinschaften verabscheute. Was, fragte sich Fiona, wenn die Kritiker zum Ziel würden? Wenn man sie, was vorstellbar wäre, neuronal auswerten würde? Es gab damals schon Technologien für Brain-Computer-Interfaces, auch wenn die Verbindung von Gehirn und Maschinen noch nicht sehr ausgereift war. Gäbe es in dem Fall, dass das Liebseligkeitsprojekt seine Gegner jagen würde, überhaupt noch Verstecke? Gebiete, die nicht digital kontrollierbar wären?»

Ich dachte wieder an das, was der Käser über die Gegend hier gesagt hatte. Ich fragte mich langsam, was Konrad hier wirklich tat und was in dem Gebiet, in das die Einsatztruppe gefahren war, in Wahrheit vor sich ging. Ich kam mir vor wie in einem paranoiden Albtraum.

Ich versuchte es noch einmal. «Wann hast du sie das letzte Mal gesehen?»

Er zögert. Zu lange. Überlegt er, welche Version der Geschichte er mir erzählen soll? «Am Abend, bevor sie ging», sagt er schließlich. «Sie trug Elisabeths Ohrringe, sie sah damit ungewohnt aus. Als wir uns verabschiedeten, sagte sie: ‹Kommst du morgen nach der Arbeit? Wenn ich nicht da bin, dann geh einfach rein.› Ich hatte ja den Schlüssel zu ihrer Wohnung. Ich machte auf, sie war nicht da, auf dem Küchentisch lag der Umschlag für dich und für mich eine Nachricht. Darauf stand, dass sie lieb, aber nicht selig sei, und deswegen müsse sie fort und einige Dinge erledigen. Ich weiß nicht, welchen Plan sie hatte. Aber ich bin sicher, dass sie überzeugt war, einen Weg gefunden zu haben – wie man sich widersetzen könne. In den Monaten danach dachte ich oft, dass ich sie in der Ferne irgendwo erkenne. Sie steht da, an einer Straßenecke, oder ich bin auf einem Platz, und sie ist auf der anderen Seite mit ihren langen Haaren und ihrem schwarzen Mantel und schaut zu mir herüber. Jedes Mal das Eingeständnis, dass ich es mir nur einbildete. Jedes Mal die Verlassenheit danach.»

Ich war fast bereit, ihm das abzukaufen. Aber ich war vorsichtig. Warum, kann ich nicht sagen. Ich schwieg, denn ich dachte daran, wie es für mich gewesen war: die unbekannte Nummer auf dem Display.

Jetzt wusste ich einfach nicht, ob ich Konrad glauben sollte.

«Du hast dich damals auch entmondialisiert, es gab von da an nichts mehr über dich, datenmäßig gesehen warst du genauso weg wie Fiona. Das sieht für mich eher danach aus, als hättet ihr einen gemeinsamen Plan gehabt. Ihr standet euch doch so wahnsinnig nahe.»

«Oh, die kleine Schwester ist eifersüchtig», witzelte Konrad. Es klang eine Spur zu feindselig für meinen Geschmack. Plötzlich waren wir Rivalen. Vielleicht waren wir es immer gewesen.

«Nein, wir hatten keinen Plan, wir hatten eine Diskussion. Wenn du das meinst: Ich weiß, was in ihr vorging, weshalb sie sich sorgte. Aber ich kann dir nicht sagen, wohin sie ging oder warum ausgerechnet zu diesem Zeitpunkt. Vielleicht würde ich mir auch nicht glauben, wenn ich du wäre. Aber sie hat immer allein entschieden, wenn es um ihre Dinge ging.»

Ich wusste, er hatte recht. Fiona war ein Alleingänger, schon immer gewesen. Sie war gern bei anderen Menschen, aber ihre Entscheidungen behielt sie für sich. Sie dachte nach, und wenn sie sicher war, zog sie los. Nur war Konrad nicht irgendein beliebiger Mensch, er war für sie – ja was? Meine Gedanken kamen an diesem Punkt nicht weiter. Er war da gewesen, bei ihr, die ganze Zeit,

während ich bei ihr ein und aus ging und nichts von ihm wusste. Er hätte mit mir reden müssen irgendwann, dachte ich. Ich schaute in sein ruhiges Gesicht und hasste ihn.
«Willst du mir wenigstens verraten, welche Art Diskussion ihr hattet? Oder geht mich das deiner Meinung nach auch nichts an?»

Wie kam es, dass er sich seiner Wichtigkeit für Fiona so sicher sein konnte, dass er alles andere ignorierte, dass er mich einfach ausschloss? War es, weil ich ihn damals gesehen hatte, wie er unter dem Tisch saß? Ging es darum? Zwischen uns baute sich etwas auf, das gefährlich war, ich spürte es. Ich war jetzt in der Stimmung, auf ihn loszugehen. Meine Muskeln spannten sich an. Ich hatte das Gefühl, dass er mir etwas verheimlichte. Und dass es ihn betraf, nicht Fiona. Konrad, wer bist du wirklich?, dachte ich.

Wir spürten beide die Spannung. Er fing an, vor sich hin zu summen, so als wäre er mir nicht im Geringsten eine Antwort schuldig. Ich trommelte mit einem Aststück kurze, schnelle Schläge auf den Boden.

«Komm, lass uns damit aufhören, Margarethe», sagte er kalt.
«Aha. Womit?»
«So zu tun, als würde es irgendetwas ändern, wenn wir uns streiten.»
«Sag mir, was du weißt.»
«Es wird dir nicht genügen. Sie hatte einen Plan, dei-

ne glorreiche Schwester. Aber sie hat mir nicht gesagt, welchen. Sie war davon überzeugt, dass die Investoren das Liebseligkeitsprojekt deshalb verfolgten, weil sie damit alle Menschen in ein vernetztes Gefüge bekommen konnten. Sie betrachtete es als neue Form von Herrschaft. Und sie fürchtete, dass es bald nicht einmal mehr legal sein würde, ohne permanente Verknüpfung mit dem digitalen Spiegelbild zu leben. Dieses Spiegelbild, sagte sie, sehen wir jetzt schon in Ansätzen, es kommt uns vor wie eine Möglichkeit, die man wahrnehmen kann oder nicht. Wir haben noch die Wahl, uns unsere Wirklichkeit auszusuchen. Aber bald nicht mehr. Alles, was wir als die Welt kennen, glaubte sie, würde dann nur noch die stoffliche Erweiterung eines universellen Netzwerks sein. Und alles, was das Netzwerk nicht erfassen kann, werde an Bedeutung verlieren. Sie war überzeugt, dass das Leben dann Gesetzen unterworfen wäre, die nicht von souveränen Staatsgebilden ausgingen, sondern ausschließlich von der Logik der Technologie. Zwangsläufig würden unsere Nachkommen an der Existenz aller Dinge zweifeln, die nicht in binäre Codes transformierbar sind, und das würde bedeuten: an allem, worüber keine digitale Herrschaft möglich ist. An den ungeteilten Gedanken eines Menschen, überhaupt dem Alleinsein, an hermetischen Kunstwerken und Philosophie und Gottsuche, mit anderen Worten an allem, was die Maschinen nicht erkennen können. Ich nehme an, sie fürchtete ein Leben ohne ihre Herrlichkeit, ohne Seidengewänder und aufgeschlagene Bücher überall. Und es stimmt ja auch, sie konnte nur so existieren. Jedenfalls sagte sie einmal, die Spielräume eines Menschen wären dann einfach nur noch armselig, der Verlust für die Menschheit dagegen immens.

Sie entwickelte diese Gedanken nicht auf einmal, sondern über einen Zeitraum von etwa zwei Jahren. Was ich erzähle, hört sich nach einem fertigen Bild an. Das war es lange nicht. Nach und nach fing sie an, sich damit zu beschäftigen, was die Konsequenz wäre, falls sie recht hatte.

Ich nehme an, sie suchte nach Orten, an denen man sich der Zukunft, die sie erwartete, entziehen könnte – Orte der Zuflucht. Sie war überzeugt, dass solche Orte jetzt entstehen müssten, weil es später gar nicht mehr möglich sein würde. Manchmal unternahm sie Reisen deswegen, dir sagte sie dann oft, dass es um Recherche für eure Arbeit ginge. Ich denke, dass sie sich mit Leuten traf, die aus unterschiedlichen Gründen ähnlich dachten wie sie, dass sie Gemeinsamkeiten fanden und an Strategien arbeiteten, um sich gemeinsam zu entmondialisieren. Sie begann, nächtelang Landkarten zu studieren, sie beschaffte sich Bücher über Pflanzenkunde und Viehzucht, las die Bibel. Ich wollte sie aufziehen und fragte, ob Gott vielleicht auch der digitalen Herrschaft entgehen wolle. Sie ließ die Nase im Buch, während sie antwortete, dass sie von Gott keine Ahnung habe, dass man aber aus der Bibel viel über Aufbrüche lernen könne.

Das Merkwürdigste ist, dass sie sich äußerlich in dieser Zeit nicht veränderte. Sie wirkte nicht verzweifelt, und sie wurde nicht vor Nervosität dünn, wie es ihr manchmal passiert war. Sie sprach davon, dass man für ein kommendes Zeitalter die Möglichkeit einer üppigen Welt erhalten müsse, im Gegensatz zu der sich abzeichnenden verengten Zukunft. Sie fühlte sich zuständig, verantwortlich, so wie sie sich früher für mich zuständig gefühlt hatte oder für dich. Sie war nicht davon abzubringen.

Sie sagte, dass sie nicht einmal genau wisse, ob es anderen auch so gehe wie ihr. Aber sie fühle, dass alles verlorengehen könnte, was wertvoll sei am Leben, und deshalb könne sie nicht anders. Mir müsse das bizarr vorkommen, mir, der ich ganz anders sei als sie, aber sicher nicht weniger gutwillig. ‹Du bist für das Glück durch die Maschinenprotokolle zuständig›, sagte sie liebevoll, ‹und ich für das Unglück durch sie. Wir sind nur zwei Seiten derselben Sache.› Ich hatte den Eindruck, dass sie mich trösten wollte. ‹Wenn ich scheitere, kannst du es besser machen.› Sie lachte. ‹Programmiere ihnen ein Glück, das nicht ins System passt.›

Ich habe lange nicht geglaubt, dass sie wirklich fortgegangen war. Dann sagte ich mir eines Tages, doch, es ist wahr. Von da an ging ich auch nicht mehr zu Lisser. Ich stellte mir keine Fragen mehr, ich tue das auch jetzt nicht. Ich suchte nur nach einem Platz, an dem ich so lange wie möglich von Fragen unbehelligt blieb. Der ist hier. Das ist mein Platz. Solange ich gebraucht werde.»

Was wollte er mir damit sagen?

«Wo ist sie deiner Meinung nach, Konrad?»
«Ich weiß es nicht.»

Und wenn ich es wüsste, würde ich es nicht sagen, ergänzte ich halblaut.
«Wir sollten schlafen», sagte Konrad.

Habe ich überhaupt etwas erfahren?, fragte ich mich damals. Heute denke ich, dass er mir alles gesagt hat, ich verstand es nur nicht. An diesem Abend glaubte ich, dass ich nicht mehr wusste als vorher. Ich war unruhig. Warum, konnte ich nicht sagen.

Ich ging zum Wagen und packte die Wolldecken wieder hinein. Der Hund kam angeschlichen, Konrad strich ihm über den Kopf. «Hast du nicht manchmal Angst hier draußen?», fragte ich.

«Ich habe ein Gewehr», sagte Konrad. «Und ich kann gut damit schießen. Keine Sorge, Margarethe. Ich weiß meine Einsamkeit zu verteidigen. Es ist nicht ungefährlich als Alleingänger. Jedenfalls nicht mehr lange.»

FAST BIN ICH SO WEIT, aus diesem Erinnerungsraum fortzugehen, ihn zuzusperren, die Treppe hinunterzulaufen und zum Garten, mich von der Sonne blenden zu lassen und zu vergessen, was war. Vergessen, was danach geschah. Oder weitergehen in ein anderes Zimmer, in dem Andreas und Elisabeth warten oder Siegfried, der aus den Bergen herausfiel.

Aber dann stehe ich in der Tür, blicke zurück und kann es nicht. Ich kann sie noch nicht loslassen. Konrad, der etwas vor mir verbarg. Und meine Schwester.

Er und ich hatten uns begrüßt wie verlorene Geschwister und nahmen Abschied voneinander wie Fremde, die sich misstrauen.

Sein Hund war mir gutwillig vorgekommen, jetzt bellte er mir nach wie einem Feind. Ich wusste, dass ich Konrad nie wiedersehen würde. Ich fürchtete mich beim Wegfahren, als hätte ich etwas Monströsem den Rücken gekehrt und würde um mein Leben rennen. Es war Nachmittag, als ich wieder auf eine geteerte Straße kam und die Einöde verließ. Nach etwa zwanzig Kilometern erreichte ich das erste Dorf. Ich stellte den Motor ab. Ich zitterte.

Diese Reise muss nun schon sehr lange her sein. Wenn ich den Zeitraum genau benennen will, scheitere ich wie im Traum beim Versuch, den Mund im Schlaf zu bewegen. Ich bin sehr müde. Ich muss schon alt sein. Als ich zu Konrad fuhr, war Fiona seit fünf Jahren fort. Sind seither zehn Jahre vergangen, zwanzig? Vor wie viel Jahren bin ich in dieses Haus gekommen? Ich versuche zu rechnen. Es gelingt mir nicht.

Was ich noch weiß: Nach meiner Reise gab es Veränderungen. Von Konrad hatte ich Dinge gehört, die einleuchtend klangen und die er wie ein vernünftiger Mensch vortrug. Sie hätten auch eine Unruhe gerechtfertigt, wie sie Marie und ihre Kolonisten umtrieb. Trotzdem. Die Furcht bis auf die Knochen, die ich bei meiner Abreise empfunden hatte, als ich im Auto saß und sich mir die Haare auf den Armen sträubten wie bei einem Tier in höchster Gefahr, das ging vorbei. Es wurde blasser in der Erinnerung. Das Gerede von dem Projekt, von totaler Verhaltenskontrolle und digitaler Herrschaft, das Kalkül der Investoren und Fionas Sorge um die Verweigerer – ich war mir einfach nicht sicher, ob Konrad überhaupt noch in der Wirklichkeit lebte, also in einer Wirklichkeit, die nicht nur für ihn real war. Aber was ist real? Ja, ich bin sehr müde.

Als die ersten Monomore-Geräte mit einem Slogan verkauft wurden, in dem das Wort «Liebseligkeit» vorkam, fand ich es amüsant, dass Fionas Wort jetzt überall war. Dieses Wort aus einer anderen Zeit, das sie in ein neues Jahrhundert gerettet hatte. Sie hätte das als Triumph empfunden.

Dann geschahen kurz hintereinander Dinge, die zu dem passten, was ich in der Einöde gehört hatte. Dass alle europäischen E-Identitäten gehackt wurden. Das plötzliche Auftauchen des Wortes Liebseligkeit im Zusammenhang mit gesellschaftlichem Anstand und die ersten Berichte über euphorisierende Erfahrungen mit gewissen Landschaftssimulationen bei Versuchspersonen. Der Bau des Weisheitsspeichers, als das Übertragen von Gedanken und Erinnerungen an Computer technisch standardisiert war. Dass die Maschinen dabei von ihren Gegnern lernten, schien nicht im Vordergrund zu stehen. Sie wurden als etwas Revolutionäres bezeichnet. Ich begriff zuerst nicht, wie verführerisch der Speicher war. Man konnte sich die Datensätze von etwa vierhundert ausgewählten Identitäten vorspielen lassen, ohne Bildschirm, direkt hinter die Augen. Es hat etwas von sexueller Erregung, dachte ich, als ich die halb verstörten, halb erleuchteten Erfahrungsberichte der ersten Anwender sah, die sich in fremde Erinnerungen hineinbegeben hatten. Ich überlegte, ob ich es versuchen sollte, aber an meinem Wunsch nach Distanz zu anderen Menschen hatte sich nichts geändert.

Fiona hatte mich mit der Herrlichkeit bekannt gemacht; deswegen habe ich gern gelebt, vor und nach der Reise zu Konrad. Ich kam sehr lange nicht auf die einzig wichtige Frage. Ob Konrad nicht doch in ihrer Nähe geblieben war. Und was in der Gegend wirklich vor sich ging, die digital nicht erfasst war. Es war ein Herbsttag, an dem ich im Park saß. Ich sah eine junge Frau mit langen braunen Haaren, die ein kleines Kind beaufsichtigte, das mit einem Regenschirm spielte. Der Schirm war zu groß für das Kind. Ich dachte an Fiona und spürte nichts mehr in mir. Nur Stille. Da glaubte ich, dass sie tot war.

Dann begannen die Träume. Manchmal weiß ich nicht, welche Welt die reale ist. Die mit Stefan, die sich vertraut anfühlt. Oder die, in der ich Türme aus Null und Eins sehe. Vielleicht kann man es sich aussuchen, was man träumt und was real ist, solange man lieb ist.

Ich denke heute, dass ich eines nicht erkannt hatte: dass er ihr nie von der Seite weichen würde, egal was sie tat. Er blieb in ihrer Nähe, auch als sie fortging. Sie hatte ihn beschützt, und er würde sie immer beschützen. Das wurde mir irgendwann klar. Wie hatte ich das übersehen können? Ich denke, dass zwischen dem Ort, an dem ich ihn traf, und der Trasse eine Kolonie lag. Und dass Fiona dort war, nirgendwo sonst. Er behielt das für sich. Er erzählte mir sogar von seinem Schmerz über die Trennung. Dabei war sie nie weit weg. Er traute niemandem. Er hielt mich fern von ihr. Als mir das klar wurde, bin ich hinter die Trasse gegangen. Es war nicht leicht. Ich habe dort viele Menschen gesehen, aber nicht meine Schwester. Und auch Hans und Marie nicht.

Ich habe das nie jemandem verraten. Ich werde es auch jetzt nicht tun. Ich muss viele schützen. Ich dachte, ich hätte diese Reise hinter die Trasse gut verschleiert, aber ich denke, sie haben mich danach ausgesucht.

Es bleibt der Zwang, alles, was war, zu erzählen. Ich will nicht, aber ich kann es nicht mehr kontrollieren. Was gibt es noch zu sagen über meine Welt, die Welt, die stirbt? War sie gut? Sicher nicht. War sie schön? Das ist die Frage. Es gab in dieser Welt Heimlichkeit, es gab Trost, und es gab Gnade. Es heißt über diese Welt, sie sei nicht effizient gewesen. Vor allem war sie, denke ich, verletzlich.

Es war eine politische Welt mit Regierungen, die sich für eine kurze Zeit in der Geschichte durch Wahlen bildeten, eine gesellschaftliche Ordnung, die also alle merkwürdigen Stimmungen und Träume einschloss, zu denen Menschen fähig sind. Es gab alte und immer neue Angst in dieser Welt, die sich in uns vermischte zu einem Angstknäuel, das uns so empfänglich machte für Zerstreuung und Ablenkung. Wir hatten Angst vor Krieg, vor der Atombombe und gleichermaßen davor, unsere Liebe zu gestehen und abgewiesen zu werden. Wir beschäftigten uns mit Gedanken, die zu nichts nütze waren und die verschwanden, sobald wir sie gedacht hatten. Wir waren endlich. Das war unsere Schönheit. Unsere Unbesorgtheit und Fehlerhaftigkeit muss die Maschinen verwirren, sie haben Milliarden Profile ausgelesen, aber das unheilbar Einzelne an uns wird ihnen unbegreiflich sein, das niemandem nützt, das nur Scham und Lächerlichkeit hervorbringt, ein Winseln um Gnade in Momenten der Schwäche. Und doch die reinste Herrlichkeit.

Davon könnte ich also erzählen. Ich habe es mir überlegt. Ich bin mir immer sicherer, dass es die einzige Möglichkeit ist. Ja, ich müsste erzählen, ich müsste wertvoll sein für die Maschinen, um Fiona wiederzusehen, auch wenn ich nicht glaube, dass sie noch lebt. Ich möchte wenigstens diesen verzinkten Kasten streicheln, durch das Metall hindurch ihrem Gedächtnis nahe sein, einen winzigen Gedanken von ihr erwischen, einen nebensächlichen, silbrig schimmernden vielleicht, in dem sie sich um ihr Haar sorgt, dort, wo sie lebte, nachdem sie mir die Karte hinterlassen hat. Ihr schönes Haar, das so schwer zu frisieren ist. War sie auf dem Bild nicht die Dame, die am Rand steht, wenn der heilige Georg auf dem Pferd aufbricht? Gewissheit zu haben, ob meine Schwester verzweifelt war oder ob ihr Haar ihr gleichgültig wurde. Noch einmal nahe bei ihr sein wie früher in den Nächten der Herrlichkeit.

Die Karte. Sie sagte mir damit, dass sie aufgebrochen war, um den Drachen zu besiegen. Aber ich glaube nicht, dass sie es geschafft hat. Vielleicht ist sie freiwillig gegangen, auf den Platz des Festes und dann auf das Feld. Ich hätte geschossen. Ich hätte sie verteidigt, wie ich mich verteidige. Ich hätte sie nicht gehen lassen. Konrad, warum hast du sie nicht beschützt? Und warum hast du mir nicht gesagt, dass sie ganz in der Nähe war, damals? Ich hätte sie sehen können, einmal noch.

Sie noch einmal zu sehen. Wäre es das wert, das Gewehr zu senken und meinen letzten Widerstand aufzugeben in unterthänigster Hoffnung auf den letzten Wunsch, der jedem Liebseligen zusteht? Mir nicht mehr zu sagen, dass ich in einem Haus bin, das wirklich existiert, dass Stefan tatsächlich vorbeikommt, dass ich freiwillig hier bin und nicht aufgespürt zu einem bestimmten Zweck?

Ich habe Angst vor dem, was kommt. Wie früher, wenn der Arzt ins Fleisch bohren musste. Fiona. Aber wie bei einer Morphiumgabe weicht die Angst einem alles überflutenden Wohlgefühl. Es wird also geschehen.

Müdigkeit und der Schmerz im Kopf. Ich habe euch von der Herrlichkeit erzählt. Wie sehr ihr das wolltet! Aber ihr werdet sie nie beherrschen.

Da ist eine Stimme, die sagt: Es kann jetzt ausgeschaltet werden. Die Transition ist abgeschlossen.

Ich habe alles erzählt. Ich werde nicht schießen. Die Wände des Hauses werden durchsichtig, dann klappen sie weg. Vor mir liegt ein Feld in überirdischer Schönheit.

Und ich sehe mit einem Mal alles, was war.

Die Rowohlt Verlage haben sich zu einer nachhaltigen Buchproduktion verpflichtet. Gemeinsam mit unseren Partnern und Lieferanten setzen wir uns für eine klimaneutrale Buchproduktion ein, die den Erwerb von Klimazertifikaten zur Kompensation des CO_2-Ausstoßes einschließt.
www.klimaneutralerverlag.de